情关西游

《增订本》

张怡微 著

上海古籍出版社

对我而言，《西游记》早已不是冷冰冰的研究对象，而是温柔有情亦有生活能量的日常陪伴。

署名（手写签名）

序一 溢出的意义

汪行福

　　张怡微让我一个《西游记》学的门外汉给她的新书《情关西游》作序，实在勉为其难。本来，读《西游记》已经是很早以前的事了，具体情节已经模糊，如果领受了任务再去读，难免过于功利。好在她的这本书并非一本故事书，而是对《西游记》和《西游补》的意义的德里达式的"增补"。哲学就是对意义的思考，我还能说上几句，故而应承下来，有了这篇不伦不类的序言。

　　《西游记》是家喻户晓的古代小说。长期以来，该书的诞生和作者一直成谜，虽经胡适和鲁迅等人考证，认定该书为明人吴承恩所著，但此说也未成定论。关于此书的价值和意义更是众说纷纭。鲁迅在《中国小说史略》中说："假欲勉求大旨，则谢肇淛（《五杂组》十五）之'《西游记》曼衍虚诞，而其纵横变化，以猿为心之神，以猪为意之驰，其始之放纵，上天下地，莫能禁制，而归于紧箍一咒，能使心猿驯伏，至死靡他，盖亦求放心之喻，非浪作也'数语，已足尽之。"意即无论心神,还是欲念,都需"驯伏",在此意义上,《西游记》不过是一篇劝喻贤文。

胡适的评论更为消极。他说:"《西游记》至多不过是一部很有趣味的滑稽小说、神话小说;它并没有什么微妙的意思,它至多不过有一点爱骂人的玩世主义。"此处"玩世主义"是否就是西文的"犬儒主义"(Cynicism)？如是,则大有考究。犬儒主义本是希腊哲学的一个学派,创始人是西方先哲苏格拉底的学生安提斯泰尼(Antisthenes),而最著名的代表人物则是大名鼎鼎的第欧根尼(Diogenes)。此君行为放荡,不拘礼节,善讥讽,爱骂人。在第欧根尼看来,不论权势、荣誉还是金钱什么都是浮云,而且日常人伦礼节也是虚饰。犬儒主义意味着愤世嫉俗。犬儒在西方传统中受到许多人的推崇,福柯就是其中之一。他认为,与第欧根尼相比,其他的希腊先哲都只不过是哲学家,只有他才是真正的哲学英雄,因为他能以自己的生命实践着"说真话"的要求。但是,犬儒主义还有另一形象。在罗马时期,一些自命为犬儒的人东施效颦,表面上放浪形骸,落拓不羁,私下里却声色犬马,出入豪门,沦为玩世不恭的俗儒、贱儒,玷污了犬儒形象。我们不知胡适所用"玩世主义"何意,但无论如何,仅着眼于嬉笑怒骂和滑稽有趣,已使《西游记》迷们感到失望。

清人张书绅对《西游记》微言大义的评论最为平实隽永："人生斯世，各有正业，是即各有所取之经，各有一条西天之路也。"如果人生在世各有正业，而人生正业又各有其道，如是则《西游记》就与我们有关了。张怡微把这段话作为题记，正是想把《西游记》作为一面"镜子"，让人透过这面镜子反观自己。《情关西游》是一种非典型的写作，体现了作者多方面的才能。文中既有对《西游记》故事疑点的释疑解惑，也有对人情世道的借题发挥，中间又穿插名家评论，看似闲庭信步，实则苦心孤诣。借用张怡微的微信公众号，这本书写的正是"自怡微言"。

作者的书名《情关西游》就埋有伏笔。孙悟空由石猴风化而来，本无情扰。作者指出："孙悟空'无性'，自然就没有生殖、没有情关。"到明人董说的《西游补》才补入孙悟空的情难，"情关"对孙悟空才有了实指的含义，似乎书名未能涵盖《西游记》，重心完全放在《西游补》上。然而，"情"有多解。撇开《西游补》中的情难，"情关"之说也是贯穿全书的。虽然在《西游记》中孙悟空"无性"、无情，但是，作者已道出自己一直"情系"《西游》。钟情是最好的钥匙，正是"情关"西游，才有了这些"自怡微言"。另外，孙悟空虽然没有儿女私情，但西天取经九九八十一难，矢志不移，体现的不正是佛教普度众生的"圣情"吗?

书中有许多"微"言大意。在"从卵生石猴到'美猴王'"中,作者提到,孙悟空原为一石猴,乃自然造化,但自然在创造生命的同时,却不负责创造"觉悟",也不自然和必然地催生出"启迪"。石猴是在"高登王位,将'石'字儿隐了"之后,才有了心、有了魔,也有了命运。这段话说得极有哲理。觉悟或"心"不过是善恶之官能,有了它,人才为人,但正因为有了它,也就有了心魔和记挂,人类的始祖亚当与夏娃不也是走出伊甸园才开始有了觉悟的必要和救赎的愿望的吗?

在"好名的石猴,未名的命运"一节中,作者借孙悟空的名字谈到"命名"问题。孙悟空在书中有许多名字:"美猴王"、"齐天大圣"、"孙悟空"、"孙行者"等,其中对他意义最大的是后两个名号。命名是成人礼,正是通过命名,个体的生命才进入人伦世界。虽然"美猴王"、"齐天大圣"这些名头很风光,但只有在他有了"孙悟空"、"孙行者"之名后才对自己的生命有了觉解。其实,"命名"是一个复杂的哲学问题。中世纪的实在论与唯名论就争论"名"的意义。在实在论看来,名是事物的本质,我们可循名求实;而唯名论认为,命名是完全偶然的,它只是声音和符号,没有内在的意义。其实,这两种观点皆有囿限。名字固然是声音和符号,但被命名者一旦有了对自己的"名"的依恋、觉悟和忠诚，名字就有了贴己的生存论意义。孙悟空在西行途中几番负气离开又几番回头，就是圣人行迹中展开的名与行的辩证法。

一些人把《西游记》视为孙悟空的成长小说，但张怡微更多地把它视为一部悟道之书。孙悟空花果山称王，既有权力，又有自由和享乐，何不快哉？然而，孙悟空想到自己有一天终有一死时，"忽然忧恼，堕下泪来"。死亡是每个人最贴己的有限性。西方古代哲人曾说哲学就是死亡的练习，海德格尔也有"向死而生"的说法。生死问题是孙悟空最先感到烦恼的问题。他先是选择入阴曹地府，在生死簿上把自己的名字划掉，以期长生不死。然而，长生不死之后，孙悟空却有了新的烦恼。就如波伏娃的《人都是要死的》中的主人翁雷蒙·福斯卡食了一种神奇的药，可以长生不死。但他在活到了六百岁，阅尽人间百态之后，不死对他已经是一种折磨和天谴，以至于最后他用拐杖不停地敲打着死亡之门，呼喊道："让我进去，让我进去！"因为对不死的人来说，一切选择都无意义，一切可以再来，没有喜也没有悲，也就没有了"触情生情"的缘由。怡微在书中多处思考了这个问题。在"不老与长生"中，作者借"有缘吃得草还丹，长寿苦捱妖怪难"的诗句谈到，"长寿不是件高兴的事，自有苦处，也惹来险难"。在"心猿与心魔"中又指出,《西游记》由孙悟空的"小我"意图起始,他先是"畏死",但等求到不死之方后,仍觉不放"心"。这说明,不死不足以诠释永生,永生问题比"不死"问题更深沉、更幽暗。正是经历了西行的磨练,孙悟空才逐渐悟到:"佛在灵山莫远求,灵山只在汝心头。人人有个灵山塔,好向灵山塔下修。"只有到了此时,孙悟空才真正跳出三界外、不在五行中,超越了生死的心魔,进入到永生之境。此中所悟之道固然是佛理,但也可通达俗世。我们每个人在生命之途中难道不也想超越"小我",求得终极关怀意义上的"放心"吗?

在《情关西游》中类似的思考还有很多,读者可以与作者一起去思考、去证成。理解全书的总纲在书的结尾:"如果说《西游补》写得最好的是关于'人的处境'的勾画,行者是行者的镜子,我们却照出了自己的情难。"泛而言之,《西游记》的意义不就是:行者是行者的路,我们却照出我们的人生。

序二　多元融通成为可能

竺洪波

　　最早在微信朋友圈看到《情关西游》初版的目录表，其中"游戏与西游"、"从卵生石猴到'美猴王'"、"孙悟空学本领"等流畅、醒目的标题，给我的第一感觉：童书。及待读到全书，我像许多喜欢追星的"小伙伴"一样被彻底"惊呆"了：说"童书"并非全错，它选题清雅，结构奔放，所述故事优美，文字流畅；开本装帧也是小册子（787×1092　1/32）——童书的通常开本——的形式，封面右上、左下分别装饰着两幅儿童卡通图片，尤其是上海古籍出版社的"上架建议"上赫然写着："文学·随笔"。然而它又确实是一篇篇立论新颖、论述严谨的小论文——童书与学术论文两种截然不同的知识形态在这本《情关西游》里得到了融通。

　　我要思考并抒发的是：这种神奇的融通如何成为可能？又是如何实现的？

一、体悟与思考

《西游》之情，不同于《红楼》之男女爱情，它指向信仰、追求、忏悔、救赎这些人类学本体论问题，是谓"圣情"。《情关西游》作为"自怡微言"（本书初版汪行福先生序），记录着张怡微对《西游记》的个性化（也包含一些情绪化）的心灵体悟，以及探索文学经典"微言大义"的理性思考。

张怡微少年成名，形象清丽，吸引"粉丝"无数。但对于她艰辛的奋斗历程和心灵受难——比如盛名之下如影相随的困惑、求学期间"独在异乡为异客"的孤独——大家并不了解。那么请看"心猿与心魔"一节文字吧！她借孙悟空的求道故事抒发了对长生、安心（修心）等人性问题的感悟。经她勾勒的《西游记》人生格言有：

> 心生，种种魔生；心灭，种种魔灭。（第十三回）
>
> 菩萨、妖精，总是一念；若论本来，皆属有无。（第十七回）
>
> 一念才生动百魔。（第七十八回）
>
> 佛在灵山莫远求，灵山只在汝心头。（第八十五回）

张怡微告诉我们：人生最大的障碍不在外部

世界，而在自己的本心，心魔（私念和贪欲）不除，就不能心安，就没有真正意义上的人生幸福，即或是神通广大、无所不能的孙悟空也"永远不可能得到他想要的那种'长生'"（《心猿与心魔》）。她还说过，如果你欲望太盛，心神不宁，那么"长寿不是件高兴的事，自有苦处，也惹来险难"（《不老与长生》）。在我看来，这是一次对《西游记》金丹大道也即"长生"主题的颠覆性理解。

联系她在初版《后记》中的真情倾诉：因为遇到过不少人生的风浪和险难，所以文学就是"我的避风港"，《西游记》"更是我孤独生活中最大的乐观源泉"，正是它"在我最困顿的时候，给予我最安宁、最有乐趣的角落"；我最受《西游记》安抚与启迪的是这样一副对子："乘龙福老，往来必定皱眉行；跨鹤仙童，反复果然忧虑过"，在成长——修炼心安神定——的征程中，福老、仙童是我"纸上相逢的知音"：既然仙人都难免有苦恼作伴，又何况我们普通人类呢！可知这种深刻的感悟来自女作家真实的心灵，是"借他人的酒杯，浇自己的块垒"。同时，当心灵感悟与思考相结合的时候，这种对人生意义的认识和自我解剖就达到了"明心见性，直至本心"的深度，或者说感悟被赋予了"溢出的意义"。

二、从《西游记》到《西游补》

《西游记》结构完整，没有续写的可能和必要，所以现存《后西游记》《续西游记》等续书基本乏善可陈。但是，正如老子所说："埏埴以为器，当其无，有器之用。"它是一个灵动的"空白结构"，可以任由后人穿插和填空。严格地说，《西游补》并不是通常意义上的续书，而是一部"嵌入文"，镶嵌在火焰山故事之后、"唐僧金光寺扫塔"之前，如果不是因为篇幅过大，足以独立成书，其情形与"陈光蕊—江流儿"等故事的增插没有两样。

关于董说《西游补》的主旨，历代众说纷纭，或曰"凿天驱山，出入老庄"，或曰"逆数历日，孤臣心事"，尤以鲁迅所论最有代表性："全书实于讥弹明季世风之意多，于宗社之痛之迹少。"（《中国小说史略》）但张怡微回归本色，删繁就简，归为"情关"二字。把《西游记》与《西游补》融会贯通，并以"情关"串联主题，所谈深入浅出，举重若轻，不失为这本《情关西游》最大的亮色。

请看张怡微的立意。《西游记》以取经为主题，但须遭千魔百怪即九九八十一难的考验，其中即有"情关"："四圣试禅心，绊住了八戒；西梁女国，唐僧好不容易挣脱了（爱情的）是非圈。"（《情关、情种与情路》）那么，孙悟空的情关又在何处？《西游记》中的孙行者通天彻地，"跳出五行外，不在三界中"，不知情为何物，一生不为情困，于是她机敏地把目光投向了《西游补》。

《西游补》叙写孙悟空入梦，为"鲭鱼扰乱，迷惑心猿"，先后入古人世界、未来世界，忽化美女，又做阎王，寻秦王，遇关公，勘秦桧，拜武穆，既见风流天子，又逢大考盛况，林林总总，迷迷幻幻，最后由虚空尊者点化梦中醒来，"乱穷返本，情极见性"，孙悟空打杀鲭鱼精，收束"放心"，重新回到取经征途的正道上来。

张怡微认为：《西游补》的价值在于对"'情'的造型与延展"，鲭鱼精"是作为一种情欲的象征而存在的。它不是一个劫难的实体，而是一个空间的隐喻，象征着孙悟空的在世处境"（《"情"的造型与延展》）。按弗洛伊德的释梦理论，梦，即是个体欲望的宣泄和替代性满足。她引录《西游补答问》说明这一观点：

> 悟通大道，必先空破情根；空破情根，必先走入情内；走入情内，见得世界情根之虚，然后走出情外，认得道根之实。《西游补》者，情妖也；情妖者，鲭鱼精也。

此正是补《西游》大关键处，情之魔人，无形无声，不识不知，或从悲惨而入，或从逸乐而入，或一念疑摇而入，或从所见闻而入。其所入境，若不可已，若不可改，若不可忽，若一入决不可出。知情是魔，便是出头地步。

遭受并战胜鲭鱼精的诱惑，标志着孙悟空形象（性格）的转型。在过去，他盲目自大，恃力胡为，"普天神将，莫能禁制"，与《西游记》"归于禁锢一咒"的构思不同，《西游补》却将触角深入孙悟空的内心，"呈现了行者少见的自我怀疑"（《"情"的造型与延展》），穿过了"心理迷失"和"认识困境"，走向了性格的成熟，同时弥补了《西游》人物——特别是孙悟空——"情缘"的不足，从而"开辟了丰富的心灵胜景"（《行者与容器》）——也是"一个无助、焦灼、彷徨的新的精神领域"（《虚无与情难》）。

三、民族传统与世界性现代视野

众所周知，《西游记》是中华传统文化的宝典。《情关西游》也理所当然地涉及儒、释、道三家文化的精华，其中最为醒目的是在肯定佛道融合的基础上揭示孔孟儒家情怀。张怡微将清人张书绅"人生斯世，各有正业，是由各有所取之经，各有一条西天之路也"一语作为书前"题记",显然有以儒家思想为全书统率的立意:立正业,求正道,成正果,即是以《西游记》为修心的指引,也即前人所谓"悟之者即可成圣"。张书绅《新说西游记》向有《大学》别体"之誉,认为读《西游》者即可释厄、明德、达至善,张怡微在本书醒目位置安放这则"题记",说明与其发生了真切和深刻的共鸣。

明清两代,《西游记》阐释蜂起,谈禅、证道、说儒,不一而足。张怡微继承了鲁迅先生的精神,采纳明人谢肇淛"求放心"说为主题的"正解"。查谢肇淛原文如下:

> 《西游记》曼衍虚诞,而其纵横变化,以猿为心之神,以猪为意之驰,其始之放纵,上天下地,莫能禁制,而归于紧箍一咒,能使心猿驯伏,至死靡他,盖求放心之喻,非浪作也。(《五杂组》卷十五)

她认为孙悟空"道心开发"(长生意识的觉醒)之后又遇迷津,自由欲极度贲张,无法无天,大闹天宫,需要收束"放心",自我砥砺,显然,"踏上漫漫取经路获得救赎才是正果"(《孙悟空学本领》)。

另一方面,由于作者求学经历的特殊,《情关西游》又具有开阔的世界性现代视野。民族传统与世界性现代视野的融合,构成她解读《西游记》的又一个重要维度。

《情关西游》初版有一个副标题："从《西游记》到《西游补》"，其视域显然与西方文论中的"互文性"理论有关。张怡微融会《西游记》与《西游补》，是以洞悉两者的互文性为基础，在《情关西游》的相关论述中，我们可以看到两书客观存在的互文性——不同文本的间性关系。同时，书中确实多次出现了"互文性"这个前沿性术语。不容否认，这里面显示出作者自觉的必然性选择。

从方法论上说，张怡微采用了德里达式的"增补"，或曰"修正阅读"的方法。所谓"德里达式的增补"，是指文学批评对文本意义的不断派生和发挥，它寄生于原作但超越原作，是对原作的"修正性阅读"；而修正阅读是一种创造性阅读，但也是"危险的阅读"，因为它有可能由于过度阐释而偏出原作最初的愿望，脱离德里达所谓的"记忆的逻各斯"。

《情关西游》的特点是重感悟、重阐释，许多观点显现着作者特有的才情与灵气，同时似乎又合理地控制着创造性发挥与"记忆逻各斯"对立、互动的"度"。而不至于让读者有徒生虚妄或"过度阐释"的感慨。应该说，这样的阐释有可能超越了原文本的界限，而重构一种倾向于"哲理化的文学"。我的感觉：《情关西游》中对长生、安心、情关、心魔的论述，都不失为具有创造性、颠覆性意义的"哲理化的文学"，即使有所误读，也是合理的"创造性误读"，而在接受定势上恰如其分。

在具体论述中，张怡微吸收了较多的域外文献。据我粗略统计，在所引文献中，来自海外以及台港地区的高达百分之八十，其中又以哲学和宗教文献居多。这当然不必作为本书的"佳处"来作重点评述，但庶几可以显示作者的求学背景、知识积累的特点，彰显着一种突出而又难得的世界性现代视野。

真心的"好话"说了不少，似乎也应该说一点难听的"坏话"——当然也是出于真心。如以学术角度来看，初版以"从《西游记》到《西游补》"为副标题，论题大小、深浅均为恰当。但就其具体内容来说，似乎是以孙悟空为中心，而较少涉及其他方面。我们知道，《西游记》(不说《西游补》)以思想广袤、丰富和复杂著称于世，这样以孙悟空为论述主线，而不及其余，即使是在孙悟空形象的阐释上也只局限在张书绅儒学一家，而缺失对其他文化蕴涵如汪憺漪"证道"说、陈士斌"谈禅"说的阐发，研究对象是否略显单薄、偏窄？欣喜的是，这次再版，作者增补了十几篇文章，所涉广泛，可见其最近几年的思考和精进。

要之，前些年有许多作家进驻红学，在索隐、考证、阐释方面都有优秀的论著问世，有的还开始续作《红楼梦》，在红学界引起巨大震动，成为当代红学一道亮丽的风景；但是却很少有作家来关注、从事《西游记》研究，这与《西游记》影视改编连年爆热形成鲜明对比。张怡微以年轻女作家特有的视角与才情阐释《西游记》的文化——哲学蕴涵，给《西游记》论坛吹进了一股清新的风，无论如何是值得鼓励、赞叹的！

这几年，张怡微的变化不小，博士毕业后，回归母校复旦大学，任教于中文系的创意写作MFA专业。但她的"西游"之路从未停歇，常常看到她的文章、讲座出现在各类报刊或媒体上。听说她开设的"西游"通识课、精读课，很受学生的欢迎。

希望新版的《情关西游》能让为更多读者走近《西游记》，也希望更多的作家或年轻人加盟到《西游记》研究的队伍中来。

目　录

序一　溢出的意义 / 汪行福　　　　　　　　　1

序二　多元融通成为可能 / 竺洪波　　　　　　1

上编　世道与末技　　　　　　　　　　　　　1

　　游戏与西游　　　　　　　　　　　　　　3

　　《西游记》是一本怎样的书?　　　　　　　7

　　玄奘的西域与唐代的西域　　　　　　　　11

　　从卵生石猴到"美猴王"　　　　　　　　　16

　　好名的石猴,未名的命运　　　　　　　　21

　　哲学与幼童　　　　　　　　　　　　　　26

　　不老与长生　　　　　　　　　　　　　　32

　　"小妖"与"大人"　　　　　　　　　　　36

　　求名与求官　　　　　　　　　　　　　　40

　　给无价的灵猴定价　　　　　　　　　　　43

　　没有薪水的孙大圣　　　　　　　　　　　48

　　明升暗罚的"招安"　　　　　　　　　　　52

　　事人与人事　　　　　　　　　　　　　　57

　　《西游记》中的"金钱"　　　　　　　　　63

被删节的"唐王游地府"   68

幽灵之家   74

一匹马能驮得回那么多经卷吗?   80

心猿与心魔   85

无能的唐僧   92

猎人与樵子   98

孙悟空学本领   103

取经人的怕和爱   109

唐僧的潜能   114

许败不许胜   119

争名与争功   122

孙悟空的友谊   125

西游女子图鉴   130

他本是一世无双   138

下编　虚无与情难   145

饿眼与贪看   147

眼泪与圣徒   151

无情僧与粉骷髅   157

情关、情种与情路   162

行者的"情关"   165

《西游补》的时空   170

行者与容器   173

鱼肚情结   176

虚无与情难　　　　　　　181

"情"的造型与延展　　　184

失灵的行者　　　　　　　189

梦僧董说　　　　　　　　192

镜喻与补天　　　　　　　197

物色与名色　　　　　　　201

"情梦"与"盗梦"　　　　205

附录　　　　　　　　　　211

《西游记》中的"水难"　　　213

关索、格斯尔与孙悟空　　223

《后西游记》在日本　　　228

重探《西游记》的域外传播　233

读《续西游补》杂记　　　240

《西游补》域外研究述评补正　246

跋　别有世间曾未见，一行一步一花新　　263

上编　世道与末技

人生斯世，各有正业，是即各有所取之经，各有一条西天之路也。

——（清）张书绅《新说西游记总批》

游戏与西游

一直以来,《西游记》都是中国最受欢迎的古代小说之一。用时下流行的话来说,它是最早的大IP①(intellectual property)。且和《红楼梦》、《三国演义》、《水浒传》相比,它的改编获得了民众更大的宽容度。几乎每一年都有关于《西游记》的大型改编作品出现,却很少有人对它的改编、演绎有忠实度上的苛求。

大家不把《西游记》的改编当真,是因为人们本来就将之视为"游戏",所以不管它被改成什么样,只要还是五圣的人物形象,还是西天取经的使命,就能得到观众基本的认同。

成功的视觉化改编,在一定程度上会比原著更为深入人心。譬如《西游记》中的孙悟空其实从未自称过"俺老孙"。每当与妖怪发生打斗时,他偶尔自称"孙爷爷",但更多时候他喜欢说"你孙外公"、"你外公"、"你老外公"。又如电视剧中唐僧向女儿国国王告别时说的"若有来生",书中也是没有的。因为台词太深入人心,取代了原书,在观众心

① 其原意为"知识(财产)所有权"或者"智慧(财产)所有权"。更广泛意义上来讲,是那些被广大受众所熟知的、其衍生品可开发潜力巨大的文学和艺术作品。

中生根。

至于电影在"西游"改编中加入了"紫霞仙子"和"至尊宝"的忏悔，佐以《一生所爱》或《女儿情》等音乐的渲染，实际上对《西游记》原著在后世的传播起到了重要的作用。尤其是在三界越界、神魔起源、精怪法力等表现方面，视觉技术的发展不断拓展着人们对于原著的想象空间。

总之，不管《西游记》爱好者们愿不愿意，它隔三岔五就会被重新搬演于电影、电视、连环画、电脑游戏中，因缘际会又红一遍。家长们将之视为名著中的儿童文学，一代又一代的儿童也跟随着新科技的发展不断适应着"西游"故事新的叙事形式。这是很有趣的情形。

胡适的《〈西游记〉考证》说："《西游记》至多不过是一部很有趣味的滑稽小说、神话小说；它并没有什么微妙的意思，它至多不过有一点爱骂人的玩世主义。"鲁迅在《中国小说史略》中也说："作者虽儒生，此书实出于游戏。"所以既然是游戏，又何必当真？

时下关于《西游记》的热门议题，多也是受到电视剧和电影改编的影响，是追问世情的。《西游记》的生命力，在于历经了时间的检验，它始终不退流行。每个时代，各人有各人的读法，各人有各人的偏见。譬如说，三不五时就会在网络上掀起热议的三界权力秩序中的"编制"问题、唐僧和孙悟空的感情问题、唐僧肉的吃法问题、妖怪的法器和法力问题、各路精怪的后台问题……这些在专业的《西游记》研究中其实都不算是主旨问题，但是在读者的阅读体验中却是热门的关切，自然而然也就投射到了读者对文本的想象中。

许多阅读的疑惑伴随着我们的成长，譬如：为什么孙悟空大闹天宫普天神将不能擒拿，取经路上却连小妖都打不过；几次菩萨出手帮忙，却都要求孙悟空"许败不许胜"；牛魔王周旋于妻妾，孙悟空与八戒争功——这些看似无意的设计，都潜藏着人情世事之理。清人张书绅在《新说西游记总批》中就说："人生斯世，各有正业，是即各有所取之经，各有一条西天之路也。"能从古老的小说中看到自己和自己生活的时代，是小说本身的生命力所在。

总而言之，四大奇书中，就算魔幻如《西游记》文本，其所呈现的依然是人间的世情伦理，它发迹于民间，展现的是一种世俗却实用的"生活力"。这种"生活力"与其说是放之四海皆准的人间常识，不如说是中国人的社会文化生态及其幽微、缓慢的互动方式，涉及了家庭生活、士绅、官场、市场、司法审判、社会流动等各个领域。聪明的读者自然会循着它的脉络从阎浮世界的深海中打捞出属于自己的人生答案来。

我对《西游记》研究不深，却十分有兴趣。每次重读，总会有些很小的问题时不时地跳出脑海平面。这本小册子，拟以"西游"为"照体"，糅杂"补入"与"续衍"文本的视域，旁涉其他小说中活生生的、杂色的人。力图让那些遥远的小说人物，从"他们时代的五脏六腑中孕育出来"（巴尔扎克《人间喜剧序言》），将文本内在的灵明，映射至我们的生活之上。

《西游记》是一本怎样的书？

　　许多我们耳熟能详的"常识"，恰恰是我们最应该警惕的，因在我们误以为的"常识"中隐藏着许多陷阱。例如"四大名著"这个词，它的历史并不长。在明朝末年的时候，冯梦龙将《三国演义》《水浒传》《西游记》《金瓶梅》评定为"四大奇书"，文学研究领域，"明代四大奇书"的说法更为准确。清代的李渔曾在为醉田井堂刊本《三国志演义》作序时提到过"四大名著"的说法，但这个定义被广泛流传要到解放以后。当代的通行本《西游记》，从1955年人民文学出版社整理本开始，因为与其他三本名著绑定售卖，这才有了"四大名著"的称呼。

　　此外，《西游记》的作者是谁呢？

　　这个问题说来复杂，学界至今都有争议。比较保险的说法是"不一定"。我们当然知道《西游记》的作者是"吴承恩"，几乎所有《西游记》通行本的封面上都是这样印刷的。但深究起来，《西游记》与"吴承恩"的名字连在一起，是20世纪20年代以后的事了。英国浸礼会传教士李提摩太（Timothy

Richard, 1845－1919）在 1913 年将《西游记》内容翻译成英文，取名为《天国求经记：伟大的汉语史诗及寓言》（A Mission to Heaven: A Great Chinese Epic and Allegory）时，《西游记》的作者署名还是丘长春（CH'IU CH'ANG CH'UN）。1943 年，阿瑟·韦利（Arthur Waley）节译版《西游记》更名为《猴》（The Monkey），但作者"吴承恩"与"西游记"开始同时出现在译本的封面上。

《西游记》的作者是吴承恩这个说法是怎么来的呢？

简而言之，有人在《淮安府志》里发现了一条，吴承恩：《射阳集》四册，《春秋列传序》、《西游记》。实际上叫《西游记》的书有很多，有一些是游记，并不一定是我们熟悉的《西游记》故事。"承恩"两个字在《西游记》书里是多次出现过的，比如第七回"偷桃偷酒游天府，受箓承恩在玉京"、第九回"受爵的抱虎而眠，承恩的袖蛇而走"，或者第二十九回的标题"承恩八戒转山林"。古人重视名讳，把自己的名字如此频繁地放到小说回目和内容中，这是很不常见的。

古代章回小说写作方式，一般分为两种，一种是文人独创型，一种是世代累积型。《西游记》是一部世代累积型的小说。这一论断由鲁迅、胡适和郑振铎于"五四"时期提出，并得到后来学界认同。

所谓明代小说四大奇书并不出于任何个人作家的天才笔下，他们都是在世代说书艺人的流传过程中逐渐成熟而写定的。写作《西游释考录》的竺洪波先生认为《西游记》成书轨迹大致如下：《大唐西域记》《大唐大慈恩寺三藏法师传》→《大唐三藏取经诗话》→《西游记》杂剧→《西游记》平话→《西游记》百回本小说。成书的过程并不会是线性的，而是非常复杂的。很显然，所谓的"西游故事"，一开始是一个和尚取经的故事，是玄奘的故事，直到五代至南宋的《大唐三藏取经诗话》才第一次出现了"猴行者"的形象，作为主要保卫者辅佐唐僧取经。在元末明初，杨景贤利用西游故事写成杂剧，共六本，二十四折。在《西游记》原著中，孙悟空从来没有说过"俺老孙"，只说"你外公"、"你老外公"，但在如今搬演的西游戏中，依然可以听到类似的自称。《西游记》流衍至当代的过程，其实也是孙悟空逐渐"喧宾夺主"的过程。

一直到1592年，也就是万历二十年，南京夫子庙附近金陵世德堂书店刻印了《新刻出像官板大字西游记》，署名是"华阳洞天主人校"，《西游记》较为稳定的版本才出现。与现在通行的百回本《西游记》略有不同的是，唐僧的身世反而是清代的刻本添加的，对唐僧出身故事的不同处理，不同版本的《西游记》回目略有不同。大约就在世德堂本刊行的时候，市面上就有两个唐僧故事的简化本。一个是由朱鼎臣所编《唐三藏西游释厄传》，另一个很短的本子通常叫做《西游记》或《西游记传》，是杨志和编纂。所以，《西游记》肯定不是一次写成的，也不是吴承恩一个人能完成的。我们现在看到的百回本《西游记》也不是唯一的、标准的西游故事。西游故事的形成过程非常复杂。我们自以为非常了解它，其实我们可能了解的是有关"西游故事群落"中的一鳞半爪。更因为我们受到二手改编的材料影响太大了，尤其是现代图像，形成了许多不正确的"刻板印象"。想要知道西游故事到底是怎么回事，可能还是要回到原著本身。

玄奘的西域与唐代的西域

　　蔡铁鹰先生在《〈西游记〉的诞生》一书中对于史实中的玄奘法师西行求学的经历与小说成书做了详尽的对照和解释。众所周知的是，玄奘并不是历史上唯一一个西行求法的高僧。如三国时代的朱士行，秦、东晋高僧法显，唐代的义净，都是了不起的僧人、旅行家、翻译家。"玄奘于贞观二年（628），趁长安一带饥民外逃的机会，混在逃荒的人群中，离开长安西行，在长安（今西安）至瓜州（今安西）一线，玄奘躲过了朝廷的追捕；出瓜州，玄奘经历九死一生，穿越了号称八百里绝无人烟的莫贺延碛戈壁；在高昌古国（今吐鲁番）玄奘以绝食为手段，生死相搏，谢绝了高昌王的盛情挽留，然后经过龟兹（今新疆库车）、跋禄迦国（今新疆拜城、阿克苏一带）、凌山（今新疆乌什别迭里山口）、大清池（今吉尔吉斯斯坦伊塞克湖）、素叶城（即碎叶城，今吉尔吉斯斯坦托克马克），取道迦毕试城（今阿富汗喀布尔），翻越克什米尔大雪山，经过一年多的长途跋涉，终于进入了北印度。在印度，玄奘首先来到了迦湿弥罗国（在今克什米尔境内）……用两年的时间学习了小乘佛教的主要经典和'声明学'（语言文字学）、'因明学'（逻辑学）……然后玄奘继续东行……最后到达了玄奘在国内时就十分仰慕的那烂陀寺——相当于《西游记》中的西天雷音寺。那烂陀寺在今天印度的巴腊贡地方，是当时印度的文化中心，佛教的最高学府。"[1]玄奘艰苦的朝圣旅行，不只是行旅，亦有学习、传递和创造的功绩。回国后，他从事佛经翻译工作，还创立了中国佛教中以教义深奥见称的唯识宗。

依据常识推论，我们可以知道作为旅行家的玄奘身体很好，且具有胆识。这在《西游记》小说中也有隐微的体现，比如小说里的唐僧很少生病，很少受伤，只摔下过马，以及在镇海寺夜里上厕所着过凉。这样的体魄在十七年（小说中是十三年）旅行中必不可少。玄奘在高昌古国曾绝食抗议高昌王的挽留，他很扛饿。在小说中唐僧被妖怪们抓起来关押数日，也未见其喊饿。"食色"在《西游记》中以"欲望"的形式出现，考验了取经人的意志力。在小说里，只有猪八戒和唐僧会肚子饿，饿了就要化斋，化斋就会惹来妖怪，让我们误以为唐僧不能挨饿。冥飞曾言："唐僧之善于挨饿，则作者从未声明，而其不能挨饿也，则于尸魔之戏唐三藏一回，却屡屡言及，乃其于遇最凶恶

①
蔡铁鹰:《〈西游记〉的诞生》，北京：中华书局，2007年，页3。

之妖魔，如黄眉童子、青牛、大鹏鸟、九头狮子时，唐僧被捉，孙行者四处求救，天兵天将，闹得一塌糊涂，其日期至短也在六七日以上，唐僧居然饿不死……"①

玄奘的外语能力很好，他从小受过很好的教育。他掌握的语言可能不只有梵语，中古时期的多语言环境可能是我们现在的人很难想象的。这一路上，玄奘听过的语言很可能涉及不同语系。他还要生活，还要做一些交易动作（如买马），还会遇到困难，不可能不与人打交道，好在沿路的商人大都信佛。除了得到高昌王二十年旅费的资助之外，他应该不会比小说里生活得更落魄。蔡铁鹰先生还提醒我们，玄奘的政治智慧和情商都很高。回国之后，唐太宗李世民第一次与玄奘见面，对玄奘提出了两个要求：一个是希望他还俗做官，玄奘拒绝了；第二是希望他将西行经历写出来。玄奘心领神会，这部书就是玄奘口述、其弟子辩机笔录，至今仍在中西交通史及南亚中亚史研究中受到关注的《大唐西域记》。玄奘在这部书中叙述了一百一十个国家的概况和传闻得知的二十八个以上城邦的讯息，堪称一部得以为皇帝在西域扩疆建功的情报书。658年大唐灭西突厥，广义上的"西域"概念包括了敦煌以西、天山南北、中亚西亚诸国，最西到达了羁縻州都督府，即现在的波斯。虽不能说，这与

①
冥飞：《古今小说评林》，转引自蔡铁鹰：《西游记资料汇编》，北京：中华书局，2010年，页807。

成书于唐贞观二十年（646）的《大唐西域记》有什么直接的关系，但玄奘的"西域"（玉门关外）对大唐拓展的"西域"疆域来说，带有着强烈的先行实践色彩。可以说，决定东归的玄奘和具有扩张野心的皇帝共同促成了西游故事的原始面貌以《大唐西域记》的形式诞生了。

小说赋予了唐僧光辉的国家使命。如：

第十二回，"我已发了弘誓大愿，不取真经，永堕沉沦地狱。大抵是受王恩宠，不得不以**尽忠报国**耳"，"我这一去，定要**捐躯努力**，直至西天"。

第十三回，"这一去，定要西天见佛求经，使我们法轮回转，愿圣主皇图永固。众僧闻得此言，人人称羡，个个宣扬，都叫一声'**忠心赤胆**大阐法师'"。

第四十八回，三藏看到冒死踏冰到对岸的西梁女国做生意的人感叹道："世间事惟名利最重。似他为利的，舍生忘死；我弟子**奉旨全忠**，也只是为名，与他能差几何！"

玄奘的个性并不如《西游记》中改编得那么"罢软"、"偏心"、爱做"白客"。他所走过的地方，至今对我们而言还充满了谜团。有些谜团是语言设置的，有些谜团是历史文化设置的。玄奘一心前往印度，穿越了整个中亚地区，实际上也亲历了公元七世纪中期繁荣的佛教和商业文化。《大唐西域记》后来也获得了欧洲人、日本人的关注，因为它提供了关于伊斯兰化之前的古中亚与古印度的介绍。《大唐西域记》虽然不是小说，却是真正意义上的历险。所谓"商估往来者，天神现征祥，示崇变，求福德"[1]，表现了商人群体在佛教信徒中的面貌。这个脉络中"利"的展延，与玄奘的冷眼观察，带有比明代《西游记》蕴含的商业文化更为复杂的面向。我们很难分辨玄奘是真的对经济文化有兴趣，还是为了跟李世民交差，但是玄奘的旷世之旅，让我们看到了7世纪纷繁的帝国疆土演变历史，不同族群的生活情态和贸易往来。也能让我们对比《西游记》的诞生，看到16世纪的艺术创造和社会关怀和人文结构。

[1]
(唐) 玄奘、辩机 著：《大唐西域记》，季羡林校注，北京：中华书局，1985年，页129。

从卵生石猴到"美猴王"

　　在《西游记》的人物设计中，每个人都有来历。三藏有身世，但只有孙悟空有完整的童年。第一回写石猴儿从石卵中出世，"目运金光，射冲斗府"，甚至"惊动高天上圣大慈任者玉皇大天尊玄穹高上帝"，可见不凡。

　　胡适曾将《西游记》按结构划分为三个部分：

　　第一部分：齐天大圣的传。（第一回至第七回）

　　第二部分：取经的因缘与取经的人。（第八回至第十二回）

　　第三部分：八十一难的经历。（第十三回至第一百回）①

　　既然是"传"，开始于石猴受胎成形，写至有生以后。

　　在第一个时期中，石猴由"石产一卵"而生，到"见风化作一个石猴"，它生于石，塑形于风，这是一个自然力孕育的生命体，有"石"的力量，又

①
胡适：《中国章回小说考证》，上海：上海书店出版社，1980年，页354。

有"风"的催化。但自然在创造生命的同时,却并不负责创造"觉悟",不自然催生"启迪"。孙猴儿直至"高登王位,将'石'字儿隐了",才相对于其他众猴,有了社会等级,有了心、有了魔,也有了命运。中国有许多"石头神话",《红楼梦》的故事也是缘自一块摆不平的石头,《水浒传》则是从洪太尉推倒石碑、掀起石板开始的。《西游记》中的仙石标有具体尺寸,"三丈六尺五寸高"符合"周天三百六十度","二丈四尺围圆"据说合于"政历二十四气"(见《詹石窗正说西游》),可见许多神秘数字、风物描述("因见风,化作一石猴")都和《易经》有关。

开始时,孙猴儿与众猴最大的区别只是胆子大。他的这种性格特质贯穿了《西游记》全本。第八十二回唐僧评价他,"别人胆大,还是身包胆;你的胆大,就是胆包身"。而这个特征,从得到正果之后孙悟空获封的"斗战胜佛"的法号上,也能看出端倪。

回看"胆包身"的孙猴儿在《西游记》中第一次有效出场,是由于一次众猴云集于瀑布前,有猴提议:

> 那一个有本事的,钻进去寻个源头出来,不伤身体者,我等即拜他为王。

"源头"二字在这里隐藏了它的深意。我们暂时只读到孙猴儿好胜，进去瀑布里看了又出来，那时他并没有施展什么奇异的法术和能力，他只凭借好胜心与胆识便取得猴中王位。后来，"那些猴有胆大的，都跳进去了"。通过这次出场，他有了一个新的名号——"美猴王"。

我们后来知道，从人的审美来看，"美猴王"其实并不美（动画片和影视剧令孙悟空形象变得更具体也更好看了）。混世魔王和黄风怪都说他"身不满四尺"，也就是不到一米。取经之路上，小说更是不停地提及孙悟空"真个生得丑陋：七高八低孤拐脸，两只黄眼睛，一个磕额头；獠牙往外生，就像属螃蟹的，肉在里面，骨在外面"（第三十六回）。取经人好几次集体讨论过自己外貌的问题。总之，唐僧每遇到人都说孙悟空丑，顺便说徒弟都丑，不要出来吓人。禅院里的和尚也嫌他丑。猪八戒说自己虽然很丑，看久了就耐看了。孙悟空也承认自己丑，只说"若以言貌取人，干净差了。我虽丑便丑，却倒有些手段"（第六十七回）。后来唐僧也沿用这种说法，常以"我徒弟虽然丑"作为介绍自己团队的惯例。猪八戒就比孙悟空会说话得多，如《西游记》第二十回，猪八戒说："不瞒师父说，老猪自从跟了你，这些时俊了许多哩。"

猴中之美，外加个性天真勇敢，孙悟空才有了

"美猴王"的得名，这说明"出入"瀑布这一行为的重要意义。孙悟空这第一次的脱颖而出，是《西游记》中第一幕"境"的展演，经学家就认为，花果山水帘洞是"心"之"窝"的展现。虽然当时的孙悟空并未意识到花果山除却"故乡"、"家园"之外，对他的精神之旅意味着什么。

孙悟空作为《西游记》文本中最早出现的主要人物，他所有的"初次经验"都带有深邃的哲学韵味，哪怕孙悟空自己当时毫不知情。包括他的第一次流泪、第一次拜师、第一次出远门、第一次死亡，第一次意识到"洞天"而瞑目闯入、全身而退。

"洞天"一词本是道家用语，被随随便便闲置于花果山石碣，以楷书写得斗大，却非无心之笔。李丰楙曾在《洞天与内景：西元二至四世纪江南道教的内向游观》中提到："神圣地理的发现之旅，其游观历程从洞外进入洞内，依据宗教性、咒术性的秘笈方可进入，并非寻常人的登览或误入者的仙乡游历，而是希企洞天之游成为内向的游观体验。"[1]

换句话说，即使仙境就在眼前，明明白白告诉你，写给你看，让你出入很多次，不具备宗教领会的人也是看不见圣境、到不了"洞天"的。因为这不是一个自然意义上的"洞"，而是一个宗教意义上的"天"。这和出入行为本身也没有关系，却与进出的行为者是否具有灵根或信仰有关。

[1]
李丰楙：《洞天与内景：西元二至四世纪江南道教的内向游观》，《东华汉学》第9期，2009年6月，页160。

很显然，童年的孙悟空尚不具备这样的眼力。他"赶闲无事"无意识地进出他终极追求所要抵达的终点，却还要出外去寻求圣境。如李卓吾评："人人俱有此洞天福地，惜不曾看见耳。"此处照应后来拜师时"样样不学，只学长生"的孙悟空，与他生在灵山却不曾具备宗教领悟的"看见"，其实是一个意思。

生活里我们常说的"心眼"，多指"心地"或"器量"，实际上还有"见识和眼力"的意思。佛教中亦有类似"心"与"眼"的连缀。《观无量寿经》中，"心眼无障"，看见与心思背后总有一个领悟。

好名的石猴，未名的命运

在《西游记》中，孙悟空有过很多名字，伴随着他的成长，也象征着他不同时期的追求。他好名，甚至不在乎名号背后的实质，或者说在那个时期，他还不知道一个人的名号意味着什么。

只是凭借着胆子大而从众猴中脱颖而出的孙猴儿在得名"美猴王"之后，"孙悟空"的姓、名是他的第一位师父须菩提赐的，混名"行者"是唐三藏给的，"齐天大圣"是独角鬼王恭维的，颇有见地的鲲婆则称他为"混元一气上方太乙金仙美猴王齐天大圣"，这个很长的名字后来在取经路上被土神、山神简称为"混元上真"，其实此名得于太上老君的八卦炉："混元体正合先天，万劫千番只自然。渺渺无为浑太乙，如如不动号初玄。"（第七回）

这四个名字都有很深的宗教意涵，独独最初的"美猴王"绰号取得天然，是他凭借自己的勇敢得来，代表了他出生时的基础个性，未经任何知识和宗教的雕琢。

名字，从命名者或赐名者的角度来看，是一个

"期望函数"。须菩提赐的"孙"姓，"乃是个子系。子者，儿男也；系者，婴细也。正合婴儿之本论"，意蕴极深。李卓吾评点："'子者儿男也，系者婴细也，正合婴儿之本论。'即是《庄子》'为婴儿'、《孟子》'不失赤子之心'之意。若如'佛与仙与神圣三者，躲过轮回'，又曰'世人都是为名为利之徒，更无一个为身命者'。已是明白说了也。余不必多为注脚，读者须自知之。"

本来是个拆字游戏，但与道家术语勾连，成了另一种面貌，令孙悟空有了使命，有了赤子之心。而第三回回目"九幽十类尽除名"，除名即无名可指，也是一种期望的解除。值得注意的是，到了《西游补》中，孙悟空就只叫做"行者"，而不叫"悟空"了。

高桂惠曾在《〈西游记〉礼物书写探析》一文中，讲到《西游记》中"命名"的赠与和身份取得之间的关系。在《西游记》中，孙悟空是五圣中最先获得赐名的人。"'命名'作为一种'礼物'，实际上意味着一个生命个体进入人文秩序的社会框架之中……'名字'是一种礼物，却也是证明悟空'成人'之历程的开展，然而'名字'的获得并不代表成人的终结，反而是一种开始，意谓成人的苦难。"[1]

原来"名号"作为"礼物"的意义不在于一种正面意义的馈赠，而是一种苦难的展开。唐僧也一

①
高桂惠：《〈西游记〉礼物书写探析》，"中国经典与文化国际学术研讨会"会议论文（2012年），页7—8。

样，他俗家姓陈，因和唐王结为兄弟，才被称为"唐僧"（真实的历史中，其实是与高昌王结拜）。这个名号令他有了"奉旨全忠"的命运，因"受王恩宠，不得不尽忠以报国耳"（第十二回）。

从"齐天大圣"到"弼马温"，"美猴王"之"王"，悟空之悟"空"，行者之苦"行"，皆始于此。台湾学者李志宏根据小说第十七回、第九十四回中，悟空如何指称自己身份的差别而指出，当孙悟空由"乾坤四海，历代驰名第一妖"转变为"旧讳悟空，称名行者"时，"即见孙悟空已然在斗战过程之中褪去世俗死尸之身，由此重获自由新生"[①]。

此外，众所周知的是，孙悟空好名。对他来说，别人不认识他是最可怕的事。也因此恐惧，他一番"闹天宫"为自己留下了"污名"，踏上取经之路之后，每一次与人打斗自报家门，都要重新叙述一遍"污名"的历史。"名"与"利"相连，其实也是《西游记》故事潜在叙事的题眼，如前文提到的唐僧曾说，"我弟子奉旨全忠，也只是为名"，将艰苦的西行之旅降格为"名利"的诉求，不只是自贬还是与艰苦谋生的商人共情。第九回的"渔樵攀话"，渔夫张稍和李定同样讨论了"名利"。

渔翁是中国古典文学中一类特定人物形象，崔小敬在《一竿风月 无限烟霞：中国古典诗词中渔父意象探源》和《论〈西游记〉第九回渔樵攀话

①
李志宏：《失去乐园之后——孙悟空终成"斗战胜佛"的寓言阐释》，收于《"演义"——明代四大奇书叙事研究》，台北：大安出版社，2011年，页443。

的功能与意义》两篇文章都有详细的论述，提醒我们："渔樵并称，往往成为隐逸之情、淡泊之情的另一种描述……在张稍、李定以隐逸眼光出发的价值体系中，世俗的荣辱、成败、兴亡等都是毫无意义毫无价值的，而只有超脱名利、陶情山水的生活才值得追求……此处'渔樵攀话'的功能就在于世俗意识形态与价值评判的消解，而且这一消解并未随着张稍与李定的退场而退出，而是始终绵延于整个百回本的文本叙述中，作为一种独立于取经故事之外的声音，发出了对于取经之行或微弱或强烈的质疑，并推而及于取经之行背后的三教背景和传统价值观。"① 如果说，《西游记》中"九九八十一难"（差不多41—43个事件），每一难都是取经人的心魔（如偷盗诳上勾销生死簿是孙悟空的心魔、色心是猪八戒的心魔、怀乡是唐僧心魔），那么"好名"其实也是取经团队潜在的心魔之一。它揭示了"名"与"难"的辩证，头顶"玉帝圣僧"光环的唐僧与头顶箍儿的孙悟空一样，平添了痛苦的折磨。中国古代小说常有这样消极的笔法，"争名的，因名丧体；夺利的，为利亡身"（《西游记》第九回），就与"也不过是瞬息的繁华，一时的快乐，万不可忘了那'盛筵必散'的俗语"（《红楼梦》第十三回）一样，是佛教与儒教、出世与入世的映照，反映了不同的世界观。

　　《西游记》第一回，孙悟空寻仙访道来到南赡部

①
崔小敬：《论〈西游记〉第九回渔樵攀话的功能与意义》，《明清小说研究》2012年第1期，页70。

洲，在市廛中见到许多为名为利的人，发表了一通感慨，像一首打油诗："争名夺利几时休？早起迟眠不自由。骑着驴骡思骏马，官居宰相望王侯。只愁衣食耽劳碌，何怕阎君就取勾。继子荫孙图富贵，更无一个肯回头。"他看懂了又似没看懂，好像李卓吾评本在"渔樵攀话"的眉批所言："人人晓此，人人不晓此。"

哲学与幼童

孙悟空由赐名而获得的苦难，首当其冲就是死亡的威胁。

"瀑布"那次登场，孙悟空关于生命的第一次觉悟已然开启。往后，他在众猴中获得了威望，有了权力、自由，有了享乐，但他却开始不满足了，心无处安顿，放不下来。乃至有一天"忽然忧恼，堕下泪来"，他说："今日虽不归人王法律，不惧禽兽威严，将来年老血衰，暗中有阎王老子管着，一旦身亡，可不枉生世界之中，不得久住天人之内？"（第一回）

通臂猿猴一语道破孙悟空"若是这般远虑，真所谓道心开发也"。孙悟空最初的忧恼，是出于对死亡的恐惧，和想要克服虚无而开发的道心。根本的问题他开始就意识到了，却没有办法应对。所以孙悟空才决定放弃眼下的逸乐和权威，出山去"学一个长老不生"。

"长生"是道家的概念，佛教说的是"轮回"。但佛道所指向的都是同一个问题，就是生与死，对生命有限与宇宙无限的发问。孙悟空从"源头"处所生出的问题是一切哲学、宗教问题的基础，所谓"灵根育孕源流出"，就是指这个开智慧的发端。对于不朽的祈求和期望，落实到孙悟空身上，就显得有些天真滑稽、操之过急。他荒诞的行为方式，借着顽皮的性情，避免了死亡作为一个沉重的议题过于严肃地呈现于读者面前。

从人类学的角度来说，野蛮时期的孙猴儿，其心志更趋近于自然人。而这种自然的状态，显然是离哲学最亲近的。就好像我们常常发现幼童会说一些很深刻的话，他们问的问题，我们往往无法回答。英国历史学家、哲学家温伍德·瑞德在描述人类殉道的经历时说："野蛮人生活于一个奇异的世界，一个属于特殊天神与介入神迹的世界。这个世界并非为什么伟大的目的或久违的未来而设，而恰是他们每日每时生活其中的真实世界……死亡本身不是一个自然事件。迟早，人总会触怒神灵。"而著名人类学家马林诺夫斯基于一九二五年声称，"在所有宗教产生的资源中，生命的终极危机——死亡——是最重要的"。

孙悟空畏死的眼泪，传递了他"灵根育孕"的天然悟性，引领他走出花果山无忧无虑的享乐生活，去找寻更为超越的精神寄托。他不再是天然的石猴，以猴族的方式生活，而是开始向外求学知识和本领，这些知识和本领又在一定程度上形塑着他的性情。猴王"离山驾筏趁天风，漂洋过海寻仙道，立志潜心建大功"，说明他有意志，有方法，也有运气。据最新研究发现，在秘鲁亚马逊森林深处发现的四颗猴子牙齿化石表明，在3 500万年前，确实有小型灵长类猴子漂洋过海从非洲来到南美洲。中国的解释则可能传统得多，暗含神秘的卦象。

众所周知的是，须菩提是孙悟空第一个师父，最后却将他逐出师门。须菩提三教皆通，在《西游记》的情节设计中十分神秘。他出场极少，功力极深。仔细比较也会发现，孙悟空在这段时期的表现，和后来在取经之路上的个性也不太相同。

向须菩提学本领时，须菩提教了孙悟空觔斗云，所谓的"腾挪"之术。这也是除去躲避三灾变化之法之外，孙悟空在须菩提处学会的为数不多的本领之一。和他一起学本领的人听到师父传授孙悟空觔斗云时感慨："悟空造化！若会这个法儿，与人家当铺兵，送文书，递报单，不管那里都寻了饭吃。"（第二回）

"铺兵"，就是递送公文的兵卒，至于"送文书，递报单"更是小小兵干的活，这话也不知是恭维还是嘲讽。孙悟空到后来，就连当天界的小官都看不上了，何况是人间的"铺兵"。学习觔斗云，一日来去十万八千里，更不会是为了去送文书。但奇怪的是，孙悟空耳听此言却并不生气。应了他对祖师的

自我介绍:"人若骂我我也不恼,若打我我也不嗔,只是陪个礼儿就罢了。一生无性。"(第一回)

无性,仿佛是没有脾气的性情的意思。但实际上,出了师门,他不仅会恼,也会嗔。如第二回,他刚离师门回到花果山,见到小猴们诉苦,就"心中大怒"。取经路上更不必说。

另一方面,祖师明明问他的是"你姓甚么",他却答非所问。这个答非所问又是很重要的。孙悟空"无性",自然就没有生殖,没有情关。所以明人董说在《西游补》中为他补了情难。《西游记》第二十三回"四圣试禅心",寡妇强要招赘取经人师徒,三藏被逼急了,说:"悟空,你在这里罢。"行者道:"我从小儿不晓得干那般事,教八戒在这里罢。"要讲性与男女之情,孙悟空是没有的。

在中国的猿猴故事源流里,猿猴的性欲却很强,是具有好色特征的(汉焦延寿《易林》:"南山大玃,盗我媚妻。")。这种特征在唐传奇《补江总白猿传》、宋话本《陈巡检梅岭失妻记》等作品中都有所表现。鲁迅认为孙悟空原型是就是这一脉络下的中国猴子,这与胡适认为孙悟空形象可能与印度猴子"哈奴曼"有关并不相同。《补江总白猿传》中的白猿,身为妖猴有异能神通不足为奇,它居然还有许多复杂的情绪,如"怅然自失曰:'吾已千岁,而无子。今有子,死期至矣。'因顾诸女,汍澜者久"。

白猿活了一千年，一直没有自己的孩子，好不容易有了孩子，却是要死了。这种苦恼，既有对死亡的无奈，也有对繁衍的渴望，使得白猿的形象变得丰富。相似的故事如《陈巡检梅岭失妻记》，叙述陈巡检携妻子张如春赴广东上任，途中如春被齐天大圣白猿精摄去，后得紫阳真君将白猿收伏，夫妻团圆，小说中也出现了"齐天大圣"、"仙桃、仙酒"等与《西游记》故事很相似的名号和名物。与古代小说中较多的"救母"类型相比，欧阳纥、陈巡检的文学形象是文学故事中较为少见的"救妻"故事典型。

在杨景贤写的元杂剧《西游记》中，孙行者还保留了这种特性。他劫妻，一出现就娶了金鼎国女子。他被压在花果山下时，凄凄惨惨，害起相思，第一个便想起老婆。唐僧被女王抱住时，他还要求代替。他甚至很关心地问铁扇公主有没有丈夫。但到了世德堂本的小说《西游记》，孙悟空就与"色"隔绝了。不仅与色欲隔绝，孙悟空也几乎不食人间烟火，只吃水果等物。第三十九回救乌鸡国国王时，唐僧不让猪八戒度气："原来猪八戒自幼儿伤生作孽吃人，是一口浊气；惟行者从小修持，咬松嚼柏，吃桃果为生，是一口清气。"

如八戒说的："常言道：'和尚是色中饿鬼。'那个不要如此？都这们扭扭捏捏地拿班儿，把好事都弄得裂了。"（第二十三回）可见行者不仅色中不饿，在西行路上他的食欲也很极低。第九十一回："正说处，众僧道：'孙老爷可吃晚斋？'行者道：'方便吃些儿，不吃也罢。'众僧道：'老爷征战这一日，岂不饥了？'行者笑道：'这日把儿那里便得饥！老孙曾五百年不吃饮食哩！'众僧不知是实，只以为说笑。"

每次都是三藏和八戒饿了，行者去探路化斋，一化斋就惹来险难。可见"食色"相通。唐僧和八戒要到了取完经，才消除了人间食欲——

三藏自受了佛祖的仙品、仙肴，又脱了凡胎成佛，全不思凡间之食。二老苦劝，没奈何，略见他意。孙大圣自然不吃烟火食，也道："够了。"沙僧也不甚吃。八戒也不似前番，就放下碗。行者道："呆子也不吃了？"八戒道："不知怎，脾胃一时就弱了。"（第九十九回）

不老与长生

　　童年孙悟空离开家乡寻求的"长生不老"是道家的说法，它包括了两件事："不老"和"长生"。佛教讲的是"轮回"，这一世过完还有下一世，死亡不是尽头。"长生"容易理解，但"不老"是什么样子的呢？

　　《西游记》第二十五回"镇元仙赶捉取经僧　孙行者大闹五庄观"中有许多值得留意的地方。如对镇元子的外貌描写，其实就是道家不老童颜的形貌："头戴紫金冠，无忧鹤氅穿。履鞋登足下，丝带束腰间。体如童子貌，面似美人颜。三须飘颔下，鸦翎叠鬓边。相迎行者无兵器，止将玉麈手中拈。"

　　长生、不老这两件事，孙悟空很早就做到了，他本来的寿数是342岁，虽不及牛魔王，但也足够长寿了。后来，一方面他下冥府勾销了生死簿，整个猴族不再伏阎王君管辖，这是"不死"。另一方面，因为道家"长生"之术，一部分靠的是吃。大闹天宫时期，他偷吃了王母的蟠桃、天上老君的金丹，再加上后来取经路上镇元子的人参果,这些吃了都可以长生。

"万寿山"以其名当然是指"长生"。"又见那山门左边有一通碑,碑上有十个大字,乃是'万寿山福地,五庄观洞天'。"自离开花果山,孙悟空又回到洞天福地而"看不见"。海上九老还对他说:"大圣当年若存正,不闹天宫,比我们还自在哩。"然而当年孙悟空就是不满"自在",才第一次哭了。

孙悟空吃了长生之物而不在意,有自在之福而不乐享,但这"人参果"对三藏却很重要,也为之后的小说情节伏线。

取经路上,镇元子留了两个人参果给故人三藏,仙童说:"孔子云:'道不同,不相为谋。'我等是太乙玄门,怎么与那和尚做甚相识!"镇元大仙答:"你那里得知。那和尚乃是金蝉子转生,西方圣老如来佛第二个徒弟。五百年前,我与他在'兰盆会'上相识、他曾亲手传茶,佛子敬我,故此是为故人也。"

人参果是怎样的礼物呢?

那果子问一问,活三百六十岁;吃一个,活四万七千年:叫做"万寿草还丹"。我们的道,不及他多矣!他得之甚易,就可与天齐寿;我们还要养精、炼气、存神,调和龙虎,捉坎填离,不知费多少工夫。

福禄寿三仙的意思是，吃镇元大仙的人参果是道家得长生的捷径。镇元大仙是地仙之祖，见过前世的三藏，所以去问个好，送个礼，但三藏不认得他，也不认得人参果，还以为是刚出生的小孩，不敢吃。这一场重逢惹来行者、八戒等偷吃人参果、推倒人参果树的大祸。孙悟空想逃而不得解脱，镇元子将取经人藏于袖中带回去要他们下油锅。行者不得不海上求方，直至观音菩萨出手帮忙。

因为最终救活了人参果树，镇元大仙很高兴，还和孙悟空拜了兄弟。我们知道，孙悟空大部分交友都在大闹天宫时期完成，在取经路上除了镇元大仙，反而没有交到什么新朋友。

书中写道：

自今会服人参果，尽是长生不老仙。此时菩萨与三老各吃了一个，唐僧始知是仙家宝贝，也吃了一个。悟空三人，亦各吃一个。镇元子陪了一个。本观仙众分吃了一个。行者才谢了菩萨回上普陀岩，送三星径转蓬莱岛。镇元子却又安排蔬酒，与行者结为兄弟。这才是不打不成相识，两家合了一家。

"不打不相识，两家合了一家"俏皮说佛道之争。那么取经人吃了人参果的情节意义何在呢？

《西游记》中第一次说到吃唐僧肉可以长生是

第二十七回尸魔白骨精。尸魔说：

> 造化，造化！几年家人都讲东土的唐和尚取"大乘"，他本是金蝉子化身，十世修行的原体。有人吃他一块肉，长寿长生，真个今日到了。

在此之前妖魔吃唐僧肉和吃人肉没有差别。在此之后，"唐僧肉"成了一种象征，也令唐僧本人成了险难的出处，他将从此为了自己身体是"圣物"这件事而提心吊胆，拼死命保住一个"不坏之身"，这种"不坏"包括两部分，一是肉体被有仪式感地掠夺，二是丧失元阳。八戒和沙僧当妖怪时也曾吃人为生，李天飞先生提醒我们这可能与藏传佛教的仪式有关。唐僧"自服了草还丹，真似脱胎换骨，神爽体健"。第九十二回时孙悟空也说过："我师父自有伽蓝、揭谛、丁甲等神暗中护佑；却也曾吃过草还丹，料不伤命。"草还丹就是人参果，吃了就不会死了，别人吃了他大概也不会死。这件事在妖界传开了。正所谓："有缘吃得草还丹，长寿苦捱妖怪难。"

长寿不是件高兴的事，自由苦处，也惹来险难。

"小妖"与"大人"

许多人看到《西游记》后半部分，会疑惑孙悟空到底是不是妖怪。孙悟空开始时的确是妖怪。他自己就常常这么说，比如"你去乾坤四海问一问，我是历代驰名第一妖"（第十七回），"老孙祖贯东胜神洲海东傲来国花果山水帘洞居住。自小儿学做妖怪，称名悟空"（第二十回）。行者曾道："我们虽不是神仙，神仙还是我的晚辈。"（第二十一回）而福禄寿三仙却说他，"虽得了天仙，还是太乙散数，未入真流"（第二十六回）。可见他入道虽早，得须菩提和太上老君锤炼，却并未"入真流"，只得了不死长生。

《西游记》曾反复通过诗文、叙事、对话等方式来介绍孙悟空的来历，尤其是到了取经路上，每次与妖怪打斗时自报家门，他也总要从出生开始说起。

石猴最初是"三阳交泰产群生，仙石胞含日月精。借卵化猴完大道，假他名姓配丹成。内观不识因无相，外合明知作有形"。"内观"是观察事物本然的实相，也是禅修的方法之一。内炼外修以达到无相无为是一个漫长的过程，以此才能真正"称王称圣任纵横"。幼年的孙猴儿总是想要一步登天，显然是不可能的，是他童言无忌，正所谓"享乐天真"，没有"大人"会与之认真计较，只要他不以实质的侵犯扰乱成人世界的秩序。当然他后来去扰乱了，那就会受到"成人"法则的惩处。

孙悟空不知道如何挣得自己的社会地位，一开始以为官大就有地位。孙悟空第一次从天宫逃回花果山，玉帝派巨灵神下界降妖。孙悟空说他要升官，升了官就不闹了，还打出"齐天大圣"的旌旗。巨灵神见此"冷笑三声道：'这泼猴，这等不知人事。'"（第四回）张书绅在此处批——"原是初世为人。"那时孙悟空已经活了三百四十二岁寿终正寝，又去了天界当了十数年弼马温方才"初世为人"，什么都没弄明白。

巨灵神口中的"人事"究竟为何呢？

是成长的启迪吗？历来都有人认为《西游记》是成长小说。西方所谓的"成长小说"（bildungsroman 或 educational novel 或 apprenticeship novel 或 initiation novel）原指"关于有'成长意义'的成长经验之描述"。换言之，即使描述成长，但主角在最后若没有实现心理上的"成长"，则还没不能算是真正的成长小说。《西游记》是不是一部成长小说,学界早有争论。若以孙悟空为核心,《西游记》巨细靡遗写了他从妖猴到斗战胜佛的成长过程。可若以唐僧为核心,那么《西游记》就不能算是成长小说。夏志清先生曾在《中国古典小说》一书中批评唐僧这种"历经灾难时并未表现任何精神启迪的迹象。如果有任何表现的话,那就是他愈往前走,愈变得乖张和坏脾气。甚至在他被渡往救难河彼岸谒见佛祖并接受经卷时,他对孙悟空推他上无底船弄得一身湿还抱怨不止,他'还抖衣服,跺鞋脚,抱怨行者'"①。唐僧的隐藏技能似乎是,他不管经历多少事,都没有任何精神上的进步。孙悟空却一再提醒唐僧精神上的盲点。他会为师父讲《心经》,劝说唐僧不要多心,又会指出"只因你不知真假,误了多少路"。两人最激烈的暗中较劲,发生在第二十七回唐僧赶走孙悟空时说:"我是个好和尚,不受你歹人的礼。"孙悟空回来看到师父变成老虎,明明"身在水帘洞,心逐取经僧",却非要讥讽:"师父,你是个好和尚,怎么弄出这个恶魔样?"(第三十一回)孙悟空不会讲话,唐僧又只顾自己,两人都因此受了不少罪,却看不到多大的个性变化。

《西游记》中所传递的"人事"是多层次的。渔樵攀话所指涉的"人事",与巨灵神口中的"人事"显然意义不同。所谓"大人",还不只是年长的人、有经验的人或是尊贵之人的意思。实际上,"大

①
夏志清:《中国古典小说》,香港:香港中文大学出版社,2016年,页95。

学",朱熹释为"大人之学",意即有关政治或人生哲理等高深而广博的学问,也是一种抽象的、森严的至尊。"大学之道,在明明德,在亲民,在止于至善。"(《礼记·大学》)

"玉帝"可谓是这种"大人之学"的象征。如来曾对孙悟空说:"他自幼修持,苦历过一千七百五十劫。每劫该十二万九千六百年。你算,他该多少年数,方能享受此无极大道?"(第七回)后来孙悟空想要"齐天",想要"长生",其实都是"大学"所包容的万象,非学不至此,路且漫漫。西行之旅才是砥砺孙悟空从幼童到成人的实践。故而玉帝派千里眼、顺风耳查看孙猴儿的出生,得知凡间金光射冲斗府的来由,只淡淡说:"下方之物,乃天地精华所生,不足为异。""下方"对应其"上方","异"映照"常"。短短几句话,就亮出殊异参照,其实也亮出了孙悟空当时的处境。那就是他身心尚年幼,"金光将潜息"。

求名与求官

　　生于洞天福地而不自知，非要向外出走寻找生命意义，也许是孙行者命定的苦行。这种强烈无度的求生之欲，不仅困扰着年幼的孙悟空，其实也折磨着取经路上许多修行未果的妖怪。因不死之欲望而起的出走，令孙悟空缓缓地展开了社会化的旅程，跌跌撞撞地进入了艰辛的成人之旅。而这一旅程，是伴随着"求名"的探索展开的。

　　孙悟空最早接触的是"他者"，混世魔王、东海龙王与十代阎王，他们都不认识他。孙悟空自大，菩萨曾说他："专倚自强，那肯称赞别人？"（第十五回）实际上到了取经路上，孙悟空已经不那么在意别人是不是认识他了，甚至有人表示听说过他"闹天宫"的往事，他也不当回事。

　　本来被须菩提赶走孙悟空就满腹委屈，回到花果山又看到家园被占，更可气的是，混世魔王不认识他。魔王只因夺了他的水帘洞府，自然认他作"水帘洞洞主"。孙悟空说："这泼魔这般眼大，看不见老孙！"但魔王说了实话："你身不满四尺，年不过三旬，手内无兵器，怎么大胆猖狂，要寻我见甚么上下？"一个不到一米的小猴子，对战一个身长"三丈"、接近九米高的魔王，还没有打输，确实令人惊叹。孙悟空在那一场胜仗之后，回花果山就开始模仿王权结构建立了猴界秩序。他甚至开始训练小猴武功，为他们夺来兵器，他比初当"美猴王"时更知道怎么称王。

待到见龙王时，龙王所见的孙悟空应与魔王无差，但龙王显然道行更深，他很谨慎，不亲自处置不知来历的仙怪。所以他一边唬弄孙悟空，舍宝物求一时之安，另一方面他和三海龙王商议，启奏上天。

孙悟空闹地府时，十代冥王也不认识他，只说"上仙留名"，但孙悟空已经知道问他："你等是甚么官位？"十王躬身，于是巨细无遗将自己的身份告诉孙悟空："我等是秦广王、初江王、宋帝王、仵官王、阎罗王、平等王、泰山王、都市王、卞城王、转轮王。"

地府还有一个好处是，所有的人他们都有账可查，他们不认识的人，查了就能知道谁是谁，甚至知道他还能活多久。孙悟空大闹地府，篡改生死簿，破了这个规定。

从孙悟空的角度来说，入海、入冥两个遭遇，让他了解到在这个世界上，无官无位就没人认识他。孙悟空始知，"名"的权威授受在于天界那个至高无上的象征，也就是玉帝。想要让三界知道自己是谁，就不能再自称自号。恰好太白金星向玉帝提出招安他的建议，这就有了后来的故事。

这一时期的孙悟空认为"名"就是"官"。他上天求职，又对弼马温的职位不满，大吵大闹，非要玉帝封一个"齐天大圣"的名号给他。太白金星对玉帝说，就许他一个虚名，让他安分，哄小孩一般。孙悟空果然开心得很，他不知官衔品从，也不计较俸禄。所谓"仙名永注长生箓，不堕轮回万古传"。纵使在天界没薪水领，但好坏入了籍，众天丁不再敢拦他出入。《西游记》这些细致的规定十分具有深意。他是通过胁迫、抢劫、扰乱，甚至杀生、修改履历档案等方式，对这个世界不当他是一回事的事实表示抗议的。他还没有学会如何在与他人的互动中挣得尊敬和社会地位，他只能依凭暴力，很像我们在青春片里看到过的青少年，渴望被关注、不愿被藐视，但又不知道应该如何不被人轻视。

事实上，真正让孙悟空出名的其实是"大闹天宫"。取经路上只要是上界下凡的仙怪，大都听到过孙悟空。但他还是不断地介绍自己的威名，毕竟还有很多妖怪不认得他是谁。不仅如此，猪八戒还曾说："你这诳上的弼马温，当年撞那祸时，不知带累我等多少！"（第十九回）为五百年后两人的不睦埋下了伏笔。

给无价的灵猴定价

如何处理大闹地府和水府的孙悟空，天庭展开了商议。

太白金星与玉帝的对话，十分令人玩味。

第四回写道：

> 正说间，班部中又闪出太白金星，奏道："那妖猴只知出言，不知大小。欲加兵与他争斗，想一时还不能收伏，反又劳师。不若万岁大舍恩慈，还降招安旨意，就教他做个齐天大圣。只是加他个空衔，有官无禄便了。"玉帝道："怎么唤做'有官无禄'？"金星道："名是齐天大圣，只不与他事管，不与他俸禄，且养在天壤之间，收他的邪心，使不生狂妄，庶乾坤安靖，海宇得清宁也。"玉帝闻言道："依卿所奏。"即命降了诏书，仍着金星领去。

"只知出言，不知大小"，其实就是"不知人事"。太白金星十分聪明，他知道玉帝并非真心想给孙悟空官做。他对孙悟空的性格判断也是正确的。他盲目自大又懵懂天真,他甚至不知道"齐天大圣"到底是干什么的。孙悟空的问题在于心不安,后来紧箍咒的安排也是为了收他的邪心。

太白金星是怎么跟孙悟空说的呢:

金星趋步向前,径入洞内,面南立着道:"今告大圣,前者因大圣嫌恶官小,躲离御马监,当有本监中大小官员奏了玉帝。玉帝传旨道:'凡授官职,皆由卑而尊,为何嫌小?'即有李天王领哪吒下界取战。不知大圣神通,故遭败北,回天奏道:'大圣立一竿旗,要做"齐天大圣"。'众武将还要支吾,是老汉力为大圣冒罪奏闻,免兴师旅,请大王授箓。玉帝准奏,因此来请。"悟空笑道:"前番动劳,今又蒙爱,多谢,多谢!但不知上天可有此齐天大圣之官衔也?"金星道:"老汉以此衔奏准,方敢领旨而来。如有不遂,只坐罪老汉便是。"

悟空大喜,恳留饮宴不肯,遂与金星纵着祥云,到南天门外。那些天丁天将,都拱手相迎,径入灵霄殿下。金星拜奏道:"臣奉诏宣弼马温孙悟空已到。"玉帝道:"那孙悟空过来,今宣你做个齐天大圣,官品极矣,但切不可胡为。"这猴亦止朝上唱个喏,道声'谢恩'。玉帝即命工干官张、鲁二班,在蟠桃园右首起一座齐天大圣府,府内设个二司:一名安静司,一名宁神司。司俱有仙吏,左右扶持。又差五斗星君送悟空去到任,外赐御酒二瓶,金花十朵,着他安心定志,再勿胡为。那猴王信受奉行，即日与五斗星君到府，打开酒瓶，同众尽饮。送星官回转本官，他才遂心满意，喜地欢天，在于天官快乐，无挂无碍。

太白金星无疑是很会哄孩子的长者，而玉帝也在每一分称赞之后都加上了规训（"官品极矣，但切不可胡为"），希望孙悟空"安静"、"宁神"。甚至不惜假装对他宠爱，给他礼物，但目的还是希望他"安心定志，再勿胡为"，实际上就是"收心"。显然，他并没有接到这个暗示。

我们传统意义上理解《西游记》中的大闹天宫，会说孙悟空不服管教、强调他的反抗性格，尤其是反官僚，再大的官他都不放在眼里。其实并非完全是这样。这一时期的孙悟空是渴望权力的，尽管他并不知道权力的意义、界限和风险，但他渴望着最高权力的光环。

大闹天宫时期的孙悟空任性、耍无赖、贪逸乐，都是因为他尚未在精神生活中成年。他把安定有序的天界搅得骚动也并非出于"知其不可为而为"的英雄使命，而是他的私人欲求在不断升级，从怕死，到怕别人不认识他，再到希望当个大官、有个大名，他为此不断地奔波。从长生不老到官至极品，到了第七回，就连"齐天"都不能使他满足了，他想要玉帝这个位子，还在如来面前念了首诗：

天地生成灵混仙，花果山中一老猿。水帘洞里为家业，拜友寻师悟太玄。炼就长生多少法，学来变化广无边。因在凡间嫌地窄，立心端要住瑶天。灵霄宝殿非他久，历代人王有分传。强者为尊该让我，英雄只此敢争先。

他觉得凭借自己的才能已足以称王。可惜灵霄宝殿并不是水帘洞。

陈永明在《〈西游记〉的凡与圣》一文中说："齐天的欲望就是不断地脱离现状。"[①]这个齐天之名，是孙悟空不断升级的欲求所致。如果说小说是处理人欲的问题，那么《西游记》在食欲、性欲和长生之欲之外，发明了一个新的欲望——齐天之欲。这样的欲望在人年轻的时候很难被克服，堵不如疏。招安的事让天庭四大天师之一的许旌阳真人很不放心，害怕孙悟空得了名号又没事做，早晚会惹事。于是玉帝又派了一个差使给孙悟空。实际上，天庭并不需要孙悟空做什么，招他上界是为了找到处理他先前罪行的合适方法。孙悟空心中那个至高无上的地位，更是不可能通过天界的等级规定来加以实现的。《西游记》中无恶不归玉帝，无美不归观音，玉帝以罚则严苛闻名，孙悟空一个戴罪之妖，"不与他事管，不与他俸禄"，只可看作是一种"绥靖"的假动作。

① 陈永明：《〈西游记〉的凡与圣》，载于《中国小说与宗教》，黄子平主编，香港：中华书局有限公司，1998年，页256。

"不与他俸禄"充满了丰富的含义。美国学者维维安娜·泽利泽写过一本书叫做《给无价的孩子定价——变迁中的儿童社会价值》。书名里的"无价"，并非"无价之宝"之无价，而恰恰是尚未定价、无法定价的意思。这个字面的误读和孙悟空对弼马温的认识是相似的。玉帝在天界作为绝对权威的皇权象征，其实是模拟了人间的官僚建构来办事的。众官齐聚来给无价的灵猴定价，其结果依然是无价。

没有薪水的孙大圣

臧知非、沈华所著的《分职定位——历代职官制度》一书中写:"官僚一心一意为专制皇权服务,那么君主也要相应地给予适当的报酬。这个报酬的依据是由官僚们的官位高低、职务履行状况决定的。简单地说,也就是官俸。官俸决定于官品,而官品在不同的历史时期有不同的表现形式与构成要素……爵位有高低,官职有大小,报酬也就各不相同,从而构成一个等级森严的金字塔式结构。"[1]《礼记·王制》称:"论辨,然后使之。任事,然后爵之。位定,然后禄之。"钱由于其"断然的客观性",是一种尺度,彰显了背后的权力、地位,及其上下参照,是一种官僚等级划分的功利主义模型。孙悟空感觉到求名等于求官,玉帝的官最大,所以他要夺他的官。但他却不知道,官等于俸。

孙悟空的这份薪水重要吗?

第六回观音团结众仙去见玉帝,玉帝详说孙悟空的来历(前七回孙悟空的来历被反复拿来说道)。其中有一句,解释蟠桃盛会为什么没有请孙悟空,

[1]
臧知非、沈华:《分职定位——历代职官制度》,长春:长春出版社,2005年,页157。

玉帝说："及至设会,他乃无禄人员,不曾请他。"李卓吾在此处评:"原不该有许多名色分别,还是玉皇不是。"

能不能参加宴会,看上去只是一场玩乐,但实际上那是有禄人员的内部宴会。什么样的人能吃什么样的桃子、喝什么样的酒、吃什么样的金丹,似乎都是遵循着尊卑严格而来。孙悟空的僭越显然坏了规矩。"果"有正果之喻,刘勇强在《奇特的精神漫游——〈西游记〉新说》一书中写道:"从穆天子瑶池大宴西王母,这一丰盛的酒席似乎从未散过,它成了王权美满、和谐的象征。偏偏出了个孙悟空,把个蟠桃盛会搅得荒荒凉凉,席面残乱……他搅乱的岂止是一场普通的宴席,而是千百年来绵长、和谐得使人发腻的美梦。"①

曾品沧在《办桌——清代台湾的宴会与汉人社会》一文中指出:"宴会在表现社会集体性的同时,也相对地对于我群和他群的区隔产生作用,即鉴别出参与宴会者与非参与宴会者的差异性,具有社会区辨的功能。……部分宴会活动更刻意强化这种差异性,以作为鉴别身份地位的工具。……宴会不再是单纯的聚餐联谊,成了汇聚品尝美食、欣赏音乐或戏剧等各种艺术鉴赏或感官活动的社会场域。"②

孙悟空因"无禄"而没有拿到"我群"的入场

① 刘勇强:《奇特的精神漫游——〈西游记〉新说》,北京:三联书店,1992年,页40。

② 曾品沧:《办桌——清代台湾的宴会与汉人社会》,《新史学》21卷4期,2010年12月,页3—4、页44、页46。

资格。

而天界为什么需要用到钱,其实也是一个很有趣的问题。

第三十一回孙悟空智降奎木狼,提到玉帝"贬他去兜率宫与太上老君烧火,带俸差操,有功复职,无功重加其罪"。俸禄也是量刑的空间。值得参考的是,美国社会学家塔尔科特·帕森斯(Talcott Parsons)将钱当做社会往来之中一项普通性、象征性的媒介,与政治权力、影响、价值约束并驾齐驱。"钱"在帕森斯理论里是一种象征性的语言,缺乏使用价值,并非一种商品。①

"社会生活的金钱化"散播着一种秩序、一致性、精确与算计,更是一种官场语言,有其漫长的源流与文化。孙悟空不在乎"无俸",他只是好名,那是因为他不知道"俸"就是官,就是名。太白金星显然知道"俸"是一种准入,但孙悟空有罪在身,显然不具备这个邀请。引他上界的恰恰是因为冥界无法处理他,为了能惩处他,故而提出"有箓无禄"的折中办法,先让他成为上界的人,也给了玉帝"施教育贤"、"降诏抚安"的好名声。后来玉帝也坐实了这一点,还强调了无禄人员不得获邀蟠桃盛会的缘故。

第六回太上老君掷金刚琢协助二郎神成功提拿孙悟空。二郎真君请去帮忙的四太尉说:"且押

①
〔美〕维维安娜·泽利泽(Viviana A. Zelizer):《金钱的社会意义》,台北:正中书局,2004年,页12。

这厮去上界见玉帝，请旨发落去也。"真君却道："贤弟，汝等未受天箓，不得面见玉帝。"可见"受天箓"是入籍。"得天禄"则是入席。

到了第二十回，孙悟空自己说起："凭本事，挣了一个齐天大圣。只因不受天禄，大反天宫，惹了一场灾愆。""天禄"甚至直接成了他大闹天宫的导火索。到了这个阶段，孙悟空在不知情的状况下迎战成人世界的层层布局，直至被如来收服，获得一个漫长的有期徒刑作为前序、作为重罚，可能是读者同情他"不知人事"的地方。他既不会是太白金星的对手，虽然知道得到"齐天大圣"的名号时，还想宴请太白金星。他也不会是玉帝的对手，玉帝能将神变成魔。更不可能是如来的对手，只是他自己不愿相信。

明升暗罚的"招安"

　　鲁迅在《中国小说的历史的变迁》第五讲中说:"在小说中所写的邪正,并非儒与佛,或道与佛,或儒道释和白莲教,单不过是含胡的彼此之争。"没有阵营,单是揶揄。孙悟空在闹天宫时期出尽了天吏们的洋相,同样应了鲁迅所言之"神魔皆有人情,精魅亦通世故"(《中国小说史略》)。玩笑中有揶揄,揶揄中又夹带着世故。世故至了极,反而显得越发天真,这是《西游记》的意趣。

　　龙王、冥王不知孙悟空来历,便不打他、只告状。太白金星知道要让他先注册天箓,才方便以后在自己的地盘以天法处置论罪孙悟空,于是连哄带骗地招安。

　　"齐天"之名根不断,孙悟空欲壑难填。心魔不除,难作无来无去,又何来无量寿身。被如来制服后的孙悟空,获了罪被压在五行山下,罪名为"欺天罔上思高位,凌圣偷丹乱大伦。恶贯满盈今有报,不知何日得翻身"。他的恶出自"欺天罔上思高位",在于"乱大伦"。"伦"是什么呢,是等级、先后，是有事管，也就是有俸禄。在这个天界的权力秩序中，孙悟空的"弼马温"官职不入品，是为了等待"见责"的暂时之所，罚赎问罪只是早晚的事。

　　猴王道："没品想是大之极也。"众道："不大，不大，只唤做'未入流'。"猴王道："怎么叫做'未入流'？"众道："末等。这样官儿，最低最小……如稍有些尪羸，还要见责；再十分伤损，还要罚赎问罪。"（第四回）

　　孙悟空气的是"玉帝不会用人"，看扁他。实际上玉帝是真会用人，他问文选武选仙卿天界哪里缺人，武曲星君说，哪里都不少官，独御马监缺正堂管事。武曲星也知道让孙悟空入天界并非为了表彰，所以说哪里都不缺人。水府地府的状子还刚刚呈上，尚未定夺。玉帝一贯量罪很重，要记得卷帘大将只是在蟠桃会上失手打碎了玻璃盏就被玉帝"打了八百，贬下界来"，七日一次，将飞剑穿胸百余下；天蓬元帅则因调戏嫦娥被玉帝"打了二千锤，贬下尘凡"。对孙悟空所作所为，玉帝显然明封暗罚，给他职位只是等他犯错。孙悟空扰乱水府地府，在天界并没有过失，那就来等他有过失。以顽猴的急躁性情，出错是早晚的事。孙悟空没明白，一旦纳入天界的管辖秩序，他所面临的就是其他监管随口告诉他的，做好了也不入流、做坏了随便找个借口就能处罚的处境。"弼马温"、"齐天大圣"的名号只是虚名。要了这么一大圈，孙悟空依然是上界意义上尚未被定价或者说是有待处置的"小人"。

直到取经路上，孙悟空才终于长大了。有趣的是，他和龙王、冥王一样写过一个状子告到玉帝处。三张状子如下：

水元下界东胜神洲东海小龙臣敖广启奏大天圣主玄穹高上帝君：近因花果山生、水帘洞住妖仙孙悟空者，欺虐小龙，强坐水宅，索兵器，施法施威；要披挂，骋凶骋势。惊伤水族，唬走龟鼋。南海龙战战兢兢，西海龙凄凄惨惨，北海龙缩首归降。臣敖广舒身下拜，献神珍之铁棒，凤翅之金冠，与那锁子甲、步云履，以礼送出。他仍弄武艺，显神通，但云：'聒噪，聒噪！'果然无敌，甚为难制。臣今启奏，伏望圣裁。恳乞天兵，收此妖孽，庶使海岳清宁，下元安泰。奉奏。

幽冥境界，乃地之阴司。天有神而地有鬼，阴阳轮转；禽有生而兽有死，反复雌雄。生生化化，孕女成男。此自然之数，不能易也。今有花果山水帘洞天产妖猴孙悟空，逞恶行凶，不服拘唤。弄神通，打绝九幽鬼使；恃势力，惊伤十代慈王。大闹森罗，强销名号。致使猴属之类无拘，猕猴之畜多寿，寂灭轮回，各无生死。贫僧具表，冒渎天威。伏乞调遣神兵，收降此妖，整理阴阳，永安地府。谨奏。

告状人孙悟空，年甲在牒，系东土唐朝西天取经僧唐三藏徒弟。告为假妖摄陷人口事。今有托塔天王李靖同男哪吒太子，闺门不谨，走出亲女，在下方陷空山无底洞变化妖邪，迷害人命无数。今将吾师摄陷曲邃之所，渺无寻处。若不状告，切思伊父子不仁，故纵女氏成精害众。伏乞怜准，行拘至案，收邪救师，明正其罪，深为恩便。有此上告。

"告状人孙悟空"的这一举动大大激怒了李天王，李天王让手下巨灵神、鱼肚将、药叉雄帅捆了他。太白金星劝告："李天王莫闯祸啊！我在御前同他领旨意来宣你的人。你那索儿颇重，一时捆坏他，阁气。"又对行者道："你干事差了。御状可是轻易告的？你也不访的实，似这般乱弄，伤其性命，怎生是好？"行者全然不惧，笑吟吟地道："老官儿放心，一些没事。老孙的买卖，原是这等做，一定先输后赢。"值得注意的是，"先输后赢"作为一种战术，可说是天界神佛手把手教会孙悟空的处世之道。至此竟成了"老孙的买卖"，成为一种风格化的标识。

历朝历代，告御状都不是简单的事。孙悟空仗着取经使命小题大做，算是以其人之道还治其人之身。紧接着李天王就求情。

天王道："老星怎说个方便，就没罪了。"金星道："我也要和解你们，却只是无情可说。"天王笑道："你把那奏招安授官衔的事说说，他也罢了。"真个金星上前，将手摸着行者道："大圣，看我薄面，解了绳好去见驾。"行者道："老官儿，不用解，我会滚法，一路滚就滚到也。"金星笑道："你这猴忒恁寡情，我昔日也曾有些恩义儿到你，你这些些事儿，就不依我？"行者道："你与我有甚恩义？"金星道："你当年在花果山为怪，伏虎降龙，强消死籍，聚群妖大肆猖狂，上天欲要擒你，是老身力奏，降旨招安，把你宣上天堂，封你做'弼马温'。你吃了玉帝仙酒，后又招安，也是老身力奏，封你做'齐天大圣'。你又不守本分，偷桃盗酒，窃老君之丹，如此如此，才得个无灭无生。若不是我，你如何得到今日？"行者道："古人说得好，死了莫与老头儿同墓，干净会揭挑人！我也只是做弼马温，闹天宫罢了，再无甚大事。也罢，也罢，看你老人家面皮，还教他自己来解。"

　　老星说"无情可说"是真，当年他不算害他，却也不是真心帮他。李天王"笑"得更是意味深长。行者说老星"揭挑"，看的"面皮"也不知是"弼马温"的头衔、没有俸禄的"齐天大圣"，还是吃到肚子里的仙酒、仙桃或仙丹。

　　精魅亦通世故。或只在"你与我有甚恩义"与"死了莫与老头儿同墓"之间。

事人与人事

　　大闹天宫时，孙悟空年少轻狂，凭借变化、遁形之法力，众神仿佛都惧他三分。他赢过哪吒、惠岸，与二郎神也打得不相上下，所向披靡，若非如来出动，玉皇大帝都拿他无法。但取经路上，孙悟空却看似每一战都打得很辛苦。这是文本中看似矛盾之处。原因为何？

　　先前提到孙悟空最早的交手对象，是魔王、龙王和阎王。魔王不认识他，看他身形、年纪都在自己之下，于是真的跟他打，确实没打赢。而龙王和阎王都是在跟孙悟空捣糨糊，因为他们的确不认识他，不知他来历。龙王和阎王都算是官僚体系出身，对这种来历不明、上门抢劫的人很谨慎。所以他们做了同一件事，就是吃点小亏，稳住孙悟空。再找人商量，上奏禀报玉皇大帝。两个状子都写得很凄惨，一半是告状，一半是诉苦。

　　孙悟空在地府勾销了生死簿，这里有个缘故。因为下界人人都归阎王管着，一旦生死簿除名，猴族就没人管了。怎么办，太白金星想了个办法，那就是招安。明着招安，实际上是把孙悟空收到上界来，这样就能按照上界的规矩办事了。水府和地府两个状子还摆在玉帝面前没有处理，怎么可能招孙悟空上天界做官？太白金星显然见到了玉帝的意思。孙悟空嫌弼马温官小，跑回花果山，最多算是玩忽职守。巨灵神和哪吒去收他，他们只是接到"收伏孙悟空"的圣意，他们收不了他，当然就回来汇报，而且他们也要传达孙悟空的谈判条件，就是孙悟空要做齐天大圣，玉帝给他升官他就不闹了。

孙悟空真正在天界作奸犯科，实际上是因为偷盗（蟠桃、酒、金丹，还搬了酒回花果山）和假传圣旨（骗了赤脚大仙）。这两个罪名比之前要重多了。对于孙悟空入了天籍之后的两次下界，玉帝的旨意经过几个层次。

着两路神元，各归本职，朕遣天兵，擒拿此怪。

着众将即刻诛之。（后因太白金星提出招安其为"齐天大圣"而未实施。）

这厮假传旨意，赚哄贤卿，快着纠察灵官缉访这厮踪迹！

定捉获那厮处治。

今特调贤甥同义兄弟即赴花果山助力剿除。(后被降伏。)

着游奕灵官同翊圣真君上西方请佛老降伏。

"擒拿"、"缉访"、"捉获"都不是杀害。直至孙悟空被收伏后,玉帝才"命大力鬼王与天丁等众,押至斩妖台,将这厮碎剁其尸",可惜孙悟空刀枪不入,又入太上老君八卦炉。

所以第一次与天兵天将开战时,孙悟空这边鬼王先上,九曜恶星谨慎到连这样的小鬼都没杀,只是"抵住在铁板桥头,莫能得出"。九曜星对孙悟空说:"吾奉玉帝金旨,帅众到此收降你,快早皈依!"这说明什么呢,孙悟空打他们是真打。他们却不能打死他,他们只能降他。这当中有一个弹性的空间,就是他们可以"打不过",收不了他,再去请更具体的旨意。实际上打到哪一步,是玉帝的意思。玉帝没说出来,谁也不能做,可见上界的官僚体系还是很严谨的。

恰恰是这一点造成了十万天兵天将打不过一个毛猴的假象,实际上作者也完成了对封建官僚体系嘲讽的意图,让上界出尽洋相,玉帝所统领的上界就是明代现实官僚体系的模拟。孙悟空自以为大而无敌,实际上是小人不知大人之学。一直要到取经之路上,孙悟空才渐成"大人",他知道不明来历的人不能乱打，也知道可以"打不过"，需要搬救兵，写状子。打架也有打架的方法，如来给玉帝发过檄文，孙悟空写过状子请兵。调兵也有调兵的门道，如二郎神听调不听宣。水里打架，孙悟空会对八戒说："你若到他水中与他交战，却不要恋战，许败不许胜，把他引将出来。"观音菩萨、弥勒菩萨、如来佛祖都曾叫行者"许败不许胜"。总之，有无数如他一样的"小人"（小妖）未长成，觉得孙悟空打不过他们。

天兵天将不仅懂得事人，还懂得"人事"。"人事"二字，虽由巨灵神第一次脱口提出，用以冷嘲孙悟空的优质天真。第四十二回，观音听说红孩儿变作他的样子很生气，掼了净瓶。"行者毛骨竦然，即起身侍立下面，道：'这菩萨火性不退，好是怪老孙说的话不好，坏了他的德行，就把净瓶掼了。可惜，可惜！早知送了我老孙，却不是一件大人事？'"好好的瓶子不如送他当个礼物。

但第九十八回，五圣抵达灵山面见如来，获赠经藏却遭阿傩、迦叶二尊者索取人事。"阿傩、迦叶引唐僧看遍经名，对唐僧道：'圣僧东土到此，有些甚么人事送我们？快拿出来，好传经与你去。'"这里的"人事"指馈赠的礼物，李卓吾在此处评点道："此处也少不得钱。""人事"在这里甚至降格为"贿赂礼品"。

我们一般很难理解，身为至尊之身，需要钱做什么，就像上界均为仙吏，为何需要薪俸，又何处需要花钱。孙悟空因"不知人事",惹来五百年之囚禁惩处。唐僧因"无备人事",得到无字真经。可见在《西游记》中"人事"的意义是一种话语之谜。

比较简单的理解,其实在《西游记》的续书中有一则清人的理解。在《后西游记》中,阿傩伽叶的职能相当于一个保管员,保管的东西都是有价值的。他们说起要人事的缘故,原来是为了逼唐僧"一丝不挂"。

《后西游记》第三十九回:

> 阿傩道:"不是违拗佛祖,白手传经世尊原不欢喜,怎好轻易与他。"伽叶道:"昔年唐玄奘虽说不沾不染,还有一个紫金钵盂,藏在身边,苦苦不舍。我恐他贪嗔不断,故逼了他的出来,你看这个穷和尚,清清净净,一丝也不挂,就勒逼他也无用,转显得我佛门贪财。"

但他们也会接受授意,将宝藏作为"礼物"送人。值得玩味的就是在贩卖宝藏的时候,菩萨们都是非常高调的,当着众人之面。换句话说,他们完全可以更隐晦地索贿,让众佛一个个笑道"不羞不羞",反而不像是油腻的贪墨之徒的样子。

比如水陆大会观音现身的时候,和木叉变作疥癫和尚,在市集叫卖袈裟和禅杖,要价七千两。有个没被选中参加水陆大会的和尚完全不识货,也不认识菩萨，嘲笑他们有毛病。观音完全不介意，还是很高调地叫卖，后来遇到了萧瑀，观音对萧瑀说："袈裟有好处，有不好处；有要钱处，有不要钱处。不遵佛法，不敬三宝，强买袈裟、锡杖，定要卖他七千两，这便是要钱；若敬重三宝，见善随喜，皈依我佛，承受得起，我将袈裟、锡杖，情愿送他，与我结个善缘，这便是不要钱……""穿上我的袈裟，不入沉沦，不堕地狱，不遭恶毒之难，不遇虎狼之灾，这就是好的地方。但如果是贪恋淫欲喜欢闯祸的愚笨僧人，不吃斋不守戒的假和尚，毁谤佛门经典的普通人，却难见我袈裟的面，这就是不好的地方。"萧瑀于是带着观音去见李世民，李世民表示愿意买来送给唐僧，观音这就表示不要钱了。就仿佛之前全部的行为艺术就是要试一下皇帝的真心，以及找到执行任务的高僧。皇帝是有真心的，因为水陆大会的缘起，是他在地府作弊多得了二十年阳寿，想做一件普度众生的好事。

《西游记》第九十三回，唐僧说"悟空解得是无言语文字，乃是真解"，预告了他们即将取得灵山经典的含义。"有字真经"面对芸芸众生，"无字真经"非一般大众所能理解，却反而是真解，它不可交换，和"有字真经"能用人事换得的意义不同。

这番"人事"，既是照应，又是公案，也是精神象征。

《西游记》中的"金钱"

　　《西游记》中出现钱的地方不多。但涉及与金钱相关的交换行为却很多。

　　如写阴间判官受魏徵请托，索取了一些钱钞，放唐太宗还阳，儋漪子在《西游证道书》中评点："冥王礼敬，崔判谲忠，若无魏徵一纸之书，相良一库之金银，亦难得脱然无累。所谓三分人情，七分钱钞者，非耶？"唐王在阴间打的欠条，阳世里去还，如此通融的好事，也难怪李卓吾慨叹："穷人阳间尚无借处，况阴司乎？"皇帝处处有方便，死了还能有这样的变通之法得以还阳。同一回目写"太宗又再拜启道：'朕回阳世，无物可酬谢，惟答瓜果而已。'十王喜曰：'我处颇有东瓜、西瓜，只少南瓜。'太宗道：'朕回去即送来，即送来。'"张书绅批："两个南瓜，换了二十年阳寿，阴骘延年增百福。""一对南瓜，十位阎君。不知是公用，还是分用。"

　　第五十三回，唐僧怀胎，聚仙庵护住落胎泉水的妖道不肯善赐与人。"但欲求水者，须要花红表礼，羊酒果盘，志诚奉献，只拜求他得一碗水儿哩。"

公家的东西挪作私用，男人堕胎都要行贿。表礼，是用作礼品或赏赐的衣料。羊酒果盘易得，花红表礼不易得。

第六十回玉面狐狸有百万家私，招赘牛魔王，苦了原配铁扇公主独守空闺。孙悟空为芭蕉扇去请牛魔王回家，玉面狐狸气愤不已，说："这贱婢，着实无知！牛王自到我家，未及二载，也不知送了他多少珠翠金银，绫罗缎匹，年供柴，月供米，自自在在受用，还不识羞，又来请他怎的！"这是妻妾之间的金钱纠纷，小妾以为出点钱就能留住人，孙悟空可谓误入世情泥沼。

《西游记》中的金钱及其等价之物之间的交换关系非常有趣。如观音蓻称钱为"村钞"（第十二回），五千两的袈裟、二千两的锡杖是卖给愚僧的价格，给三藏则不要钱。唐王在地府走到枉死城，崔判官让他给孤寒饿鬼散钱，问开封人相良借了一库金银。相良是个穷人，但常买金银纸锭焚烧，所以在地府攒了十三库金银。他化缘的金银是冥币，尉迟公去还唐王借的那一库倒是真钱。相良不敢收，不仅不敢收，"魂飞魄散"说"小的若受了这些金银，就死得快了"，心正却畏死，宁愿在人间过穷日子，不愿提前去冥府享富贵。再说那一对南瓜，得换二十年阳寿，孙悟空若知道这门道，恐回花果山种满南瓜，也不必西行苦劳。阿傩、迦叶二尊者向三藏索取"人事"，三藏没有，故而只得无字真经，只能再度前往换经。最后唐僧以紫金钵盂作为"人事"，换得了适用于中土之人的有字真经。

在这种交换行为中，"价值"的观念在发挥着作用。天界、人间、地府三界的沟通通过作为财富记号的各种"货币"展开。因其宗教背景或民俗文化背景，呈现其独特的交换法则。"货币"同样具有巫术力量，可以穿越阴阳，也可以贿赂神祇。艾约瑟（Joseph Edkins）在《中国的宗教》中写道："（中国人）对非物质存在的概念很不习惯，他们关于神的观念被物质化了，他们搞不清神所居住的地方与神所创造的物质世界。儒家从伦理法则出发，造就了文化、公民，却很少培养人们观念中的灵性内容，将人神之间的一切联系都抛弃了，从而为多神论和迷信敞开了门户。"

而关于"无备人事"，第九十二回孙大圣曾有主张，就教："四位星官，将此四只犀角，拿上界去，进贡玉帝，回缴圣旨。"把自己带来的二只："留一只在府堂镇库，以作向后免征灯油之证；我们带一只去，献灵山佛祖。"这不知是不是一种"人事"？最后也没有提及。

行者曾用毫毛变过几次钱，这个钱是可以使用的，不像尸魔变的食物会现出原形。如第四十八回末，"二老又再三央求，行者用指尖儿捻了一小块，约有四五钱重，递与唐僧道：'师父，也只当些衬钱，莫教空负二老之意。'"第五十九回，"只见门外一个少年男子，推一辆红车儿，住在门旁，叫声：'卖糕！'大圣拔根毫毛，变个铜钱，问那个人买糕"。

更幽默的是，行者发现了猪八戒藏私房钱。第七十六回，行者变作五阎王派来的小鬼，要找猪八戒索命。

呆子慌了道："长官不要索，我晓得你这绳儿叫做'追命绳'，索上就要断气。有，有，有！有便有些儿，只是不多。"行者道："在那里？快拿出来！"八戒道："可怜，可怜！我自做了和尚，到如今，有些善信的人家斋僧，见我食肠大，衬钱比他们略多些儿，我拿了攒在这里，零零碎碎有五钱银子，因不好收拾，前者到城中，央了个银匠煎在一处，他又没天理，偷了我几分，只得四钱六分一块儿，你拿了去罢。"行者暗笑道："这呆子裤子也没得穿，却藏在何处？""咄！你银子在那里？"八戒道："在我耳朵眼儿里揣着哩。我捆了拿不得，你自家拿了去罢。"

没有轧平的账还有第八十九回，行者取了小妖拿去买"钉钯会"猪羊的二十两银子，又让沙僧扮演卖猪羊的贩子，自己变作小妖陪着沙僧入洞去跟妖王拿欠的五两银子。二十五两银子的去处最后也没有交代。

不过，孙悟空不是贪财之人，他和三藏一样几乎不收馈赠的财物，许多得来的钱财后来都散去了。第九十七回，师徒被当做强盗关入大牢，想要贿赂禁子又没钱通融，孙悟空还劝三藏拿出了袈裟。至于他为什么不变出钱来，以及八戒的私房钱和那二十五两真银子去了哪里，也没有提到。

其实玄奘倒是对"钱"这件事有见地的，首先他并不缺钱，沿路有许多国王和中亚商人的供养。其次，在《大唐西域记》中也可以看到他对于西域诸国经济生活的观察，法国著名中亚史专家魏义天所著《粟特商人史》也可作参考①。

①
〔法〕魏义天:《粟特商人史》，王睿译，桂林：广西师范大学出版社，2012年。

被删节的"唐王游地府"

　　《西游记》第十回"二将军宫门镇鬼　唐太宗地府还魂"一节，起因于泾河龙王与袁守诚的赌局，而唐王到地狱失魂落魄地走了一遭、崔判官作弊改了生死簿，令唐王增添了二十年阳寿之后还阳人间，直接导致唐王大兴佛事，命唐僧去西方极乐取三藏经普度东土众生。关于"唐太宗游地府"这一节故事，央视版《西游记》和浙版《西游记》均未拍摄；而张纪中版《西游记》跟香港 TVB 版《西游记贰》都拍摄了这一情节，并曾在地方台播出，然而在上星时，却因某些原因被删减。相关视频仅在网络上流传，据流出的视频来看，较原著略做了一些改动，如崔判官在唐王阳寿上作弊很快就被发现了，被十王打入无间地狱，唐王还要当着十王的面诉说自己获得王位残害兄弟的过失，总而言之拍得还是十分精彩的。据央视 86 版《西游记》导演杨洁回忆，该段落是后来补拍时她最喜欢的一个情节，但也是唯一一段被毙了的情节。

　　"唐王游地府"，实际上影射武德九年（625）六月四日的"玄武门之变"。玄武门政变以李世民为一方，以高祖李渊及太子建成、齐王元吉为另一方，以李世民夺得皇位而告终。我们可以从史书的字里行间窥见李世民为了篡夺皇位，一直紧锣密鼓地筹划，以至六月四日杀兄戮弟。而老百姓，显然对这段历史有着自己的看法，希望李世民在地府游历一圈，受点惊吓，回人间做做好事。第十回写道："只见那街旁边有先主李渊，先兄建成，故弟元吉，上前道：'世民来了！世民来了！'那建成、元吉就来揪打索命。太宗躲闪不及，被他扯住。幸有崔判官唤一青面獠牙鬼使，喝退了建成、元吉，太宗方得脱身而去。"前朝宰相，只有萧瑀一人直到贞观二十年（646）还始终在权力中心活动。萧瑀也出现在我们西游故事里，成为这场唐王"遵善果、度孤魂"水陆大会的组织者，又偶遇观音，带出唐僧袈裟的用处（菩萨道："着了我袈裟，不入沉沦，不堕地狱，不遭恶毒之难，不遇虎狼之穴，便是好处；若贪淫乐祸的愚僧，不斋不戒的和尚，毁经谤佛的凡夫，难见我袈裟之面，这便是不好处。"）。

　　"唐太宗入冥记"的故事非常有名，流传很早，出于敦煌藏经洞，现藏伦敦大英博物馆，是典型的入冥文学。这个版本虽然不全，却可以看到与《西游记》中的故事差异，即最初版本中就有唐太宗的兄弟建成、元吉等在阴司控诉李世民骨肉相残的行为。《西游记》故事里，地府人员还是向着李世民的，很想要帮助他，并非为了自己索要财物，仅表现为劝善和普度的特征，这点和最早的故事原型并不相同。

除了百回本《西游记》第三回"四海千山皆拱伏　九幽十类尽除名"、第十一回"游地府太宗还魂　进瓜果刘全续配"之外，董说撰《西游补》第八回"一入未来除六贼　半日阎罗决正邪"，《后西游记》第三回"力降龙虎　道伏鬼神"中均有与西游叙事有关的冥府书写。

《西游记》孙悟空下地府勾销生死簿，十王一纸诉状直接告到玉帝处，说明他们的直接领导者是玉皇大帝。但崔判官作弊这样的内部事务，反倒是无人发现，无人处置。李卓吾在此处批："只是崔判官作弊，不曾与太宗说得，这叫做'出了灯油钱，却在暗里坐'。"电视剧中改编为崔判官被罚，恐怕也是基于这个道理。有趣的是，续书作者早就发现了这个瑕疵。

《后西游记》第三回：

孙小圣笑道："这总是混沌留余，实非列位贤王之罪。"说罢，又信手抽出一本来看，却是万国帝王天禄总簿；又信手揭起一张来看，却是南赡部洲大唐太宗皇帝李世民，下注着享国三十三年。孙小圣问道："这唐太宗，可就是差唐三藏法师同我老大圣往西天去取经那个皇帝么？"十王答道："正是他。"孙小圣道："他贞观政治太平，也要算个有道的帝王了，享国三十三年也不为多。"再细看时，只见两个"三"字不是一样的。下一个"三"字，三画停匀；上一个"三"字，三画皆促在上面，心下有些疑惑，复留心一看，又见上二笔墨色浓于下一笔，因指出付与十王看道："此'三'字似乎有弊。"十王看了，俱各大惊道："果然是添改。"因叫众判官查问是谁。众判官尽推不知。秦广王道："此事岂容推却！"叫抬过业镜来照，照出是判官崔珏作弊，崔判官方伏地请罪。十王大怒道："唐家国运，通共该二百八十九年；今太宗名下添了二十年，却不凑成三百零九年了？违悖天数，不独汝辈死不足尽辜，即我辈十王俱获罪不小。只得解你到上帝处，请旨定夺。"崔判官只是磕头。孙小圣因问道："崔判官你为何作弊？"崔判官道："唐太宗实判官故主，又有人曹官魏徵书来，故一时徇情。"孙小圣劝十王道："事已既往，不可追矣！且权在列位贤王，解到上帝，未免多事。今幸尚是唐家天下，莫若挪前减后，扯平他的运数便了。"十王道："上仙分付，敢不领命！但不知怎生扯平？"孙小圣道："可查唐家后代，该到何宗？"十王道："此后该到宪宗了。"孙小圣道："可查宪宗该多少年寿？"十王道："该享国三十五年，享年六十三岁。"孙小圣道："何不改注他享国十五年，享年四十三岁，便扯平了。"十王闻言大喜道："又蒙检举，又蒙周旋,感德不浅。但宪宗彼时四十三岁,精力未衰,如何便得晏驾?"孙小圣道:"这有何难,近日皇帝多好神仙,爱行房术。崔判官既私延太宗之寿,何不即将他罚作方士献丹药,以明促宪宗之寿。承行作弊,本该正法典刑,姑念尽忠故主,合令杖杀,以了此一段公案。"十王齐拱手称道:"昔年老大圣判断公事,止凭铁棒,威则有余,理实不足;令上仙针芥对喝,过于用棒,可称跨灶。"遂立罚崔判官投股山人柳家,取名柳泌,俟业案完,再来服役。

　　孙小圣发现了这个过失,但建议十王不要禀报玉帝。最后大家讨论得出处理结果,让太宗的阳寿找宪宗还上了,找的还是崔判官执事,用的是丹药,暗地里讥讽了道教一番。李卓吾所言"出了灯油钱,却在暗里坐",与其说是形容崔珏,不如说这正是冥府的行事风貌。孙小圣本以为地府公平,去了才知道"生死为赏罚之私囊,则北斗非春秋之铁笔矣。"到了《西游补》中,冥府中一个青衣小童对行者说:"我们阎罗天子得病而亡,上帝有些起工动作之忙,没得工夫派出姓氏,竟不管阴司无主。今日大圣爷替我们权管半日,极为感激。"(第八回)阎王竟然会得病死亡,造成"阴司无主"的局面,令行者不得已当了"半日阎王",小厮还高喊出"各殿出来迎接,我寻得一个真正阎罗天子来也",魔境果如梦境,与《西游记》中魏徵"梦斩泾河龙王"一样妙笔,也为《西游补》后文行者梦审宋丞相秦桧伏线。

　　仔细阅读《西游记》及其续书中的地狱书写,常令人会心一笑。以"梦"的方式进入地府,也仿佛一种探险般的旅行。常言道:"人之将死,其言也善。"但人真的死了,说的话就一定句句真心吗?C. S.路易斯的《魔鬼家书》中写过一段有趣的话:"建议读者们谨记,魔鬼是个骗子。不要以为私酷鬼所言句句是真,哪怕是从魔鬼自己的角度看也不可全信……和人间一样,地狱里也有呓语狂言。"总而言之,将死未死时,真心最真。

幽灵之家

早在六朝志怪小说中就已经有了大量反映冥府观念的"入冥"故事。唐代开始，冥府的描写多有人情风貌。《大目乾连冥间救母变文》中，目连去阿鼻地狱寻母，母亲青提变成了饿鬼，"咽如针孔，滴水不通。……累月经年，受饥羸之哭。遥见清凉冷水，近著变作脓河。纵得美食香餐，便即化为猛火"。目连试图借祭祖之法为她奉献食物，但食物到母亲嘴边就变成猛火，非常凄惨，粘连着母子亲情，则更为哀凉。冥府作为一种地下政府机构，与地上政府机构一样执行着审判职能，惩恶扬善，但主要是惩阳世所作的恶。冥府中的阎罗王一般又称"十殿阎罗"，分居十殿掌管冥府。

第三回孙悟空大闹地府，十王第一次在文本中出现，"躬身道：'我等阴间天子十代冥王。'悟空道：'快报上名来，免打！'十王道：'我等是秦广王、初江王、宋帝王、仵官王、阎罗王、平等王、泰山王、都市王、卞城王、转轮王。'"十王常常一起说话，故有"十王道"，或由秦广王代表说话。

地狱的审判事务非常繁忙，处罚的层级也严格分明。

> 吊筋狱、幽枉狱、火坑狱，寂寂寥寥，烦烦恼恼，尽皆是生前作下千般业，死后通来受罪名。酆都狱、拔舌狱、剥皮狱，哭哭啼啼，凄凄惨惨，只因不忠不孝伤天理，佛口蛇心堕此门。磨捱狱、碓捣狱、车崩狱，皮开肉绽，抹嘴咨牙，乃是瞒心昧己不公道，巧语花言暗损人。寒冰狱、脱壳狱、抽肠狱，垢面蓬头，愁眉皱眼，都是大斗小秤欺痴蠢，致使灾屯累自身。油锅狱、黑暗狱、刀山狱，战战兢兢，悲悲切切，皆因强暴欺良善，藏头缩颈苦伶仃。血池狱、阿鼻狱、秤杆狱，脱皮露骨，折臂断筋，也只为谋财害命，宰畜屠生，堕落千年难解释，沉沦永世不翻身。一个个紧缚牢栓，绳缠索绑，差些赤发鬼、黑脸鬼，长枪短剑，牛头鬼、马面鬼，铁简铜锤。只打得皱眉苦面血淋淋，叫地叫天无救应。（第十回）

在明清神魔小说中，对冥府的描写比比皆是，如《三宝太监西洋记通俗演义》、《华光天王传》、《北游记》、《咒枣记》、《南海观世音菩萨出身修行传》等等。但《西游记》无疑是最具代表性的作品之一，即使它并不是取经故事的重要场景，却为后世理解冥府在文学艺术上建构起了十分重要的作用。

在《西游记》中，对冥府的描写已经充满了世俗化的倾向，是远比天宫要有人情味的。人情味有好的一面，譬如刘全夫妇行善得以还魂；也有徇私不公的一面，因为判官只有一人。如第三十七回，死于井底三年的乌鸡国国王因得罪文殊菩萨连冥状也告不得，他托梦哭哭啼啼告诉唐僧，妖怪"神通广大，官吏情熟，都城隍常与他会酒，海龙王尽与他有亲；东岳天齐是他的好朋友，十代阎罗是他的异兄弟。因此这般，我也无门投告"。李卓吾批曰："却原来阴司也是一等人情世界。"

许蔚在《魔力的文学与文学的魔力——〈西游记〉研究二题》中，详细剖析了《西游记》的度亡意涵与仪式功能，他提醒我们《西游记》中内嵌多个入冥故事，也曾多次描述荐拔亡灵的法会仪式或诵经感应。《西游记》第八回，如来提到"我有《法》一藏，谈天；《论》一藏，说地；《经》一藏，度鬼。"可见三藏真经与"度鬼"的重要关联。文章也提醒我们，第十二回水陆大会唐僧出现时，众僧"一见他披此袈裟、执此锡杖，都道是地藏王来了"，"值得注意的是，地藏菩萨最为流行的形象之一正是披袈裟，持锡杖，有的也还戴毗卢帽。九连环的锡杖虽然与六连环的地藏锡杖在细节上略有差异，却就是佛祖授予目连破地狱的锡杖，与地藏救度的功能并无不同"。[1]唐僧曾经念经超度猎户刘伯钦的父亲、被孙

①
许蔚：《〈西游记〉研究二题》，载《华人宗教研究》第六期，2015年12月，页120。

悟空打杀的强人等等。而他西行取经最重要的目的，也是为了帮助李世民报恩、普度众生。俗语中的"上西天"、"去西天"，同样带有"死亡"的意涵。《西游记》中还曾出现过非常多的尸体（大多由八戒处理），例如强人、乌鸡国国王、白骨夫人、狮驼岭、唐僧假人头等等。有尸体就会有棺材，骆玉明先生的文章《猪八戒买棺材》①很有意思，他发现猪八戒在忙着散伙的时候，至少在全书中提到过四次（第三十二回、五十七回、七十五回、八十一回）"给师父买口棺材送终"这样的话，贯穿取经之路始终。

判官崔珏是中国民间信仰的神仙之一，位于酆都天子殿中，负责审判来到冥府的幽魂，在许多小说和传说中都有出现。到了《西游补》中，冥府判官就不只是崔珏了，有"随身判官"叫徐显，另有"殿前七尺判官、花身判官、总巡判官、主命判官、日判、月判、芙蓉判官、水判官、铁面判官、白面判官、缓生判官、急死判官、照奸判官、助正判官、女判官等，共五百万零十六人"，非常热闹。

《西游记》借由冥府描写的反讽与幽默更是奇绝。第五十八回，神兽谛听明明能分辨真假猴王，却努力说服地藏王菩萨装傻力保地府太平。

> 那兽奉地藏钧旨，就于森罗庭院之中，俯伏在地。须臾，抬起头来，对地藏道："怪名虽有，但不可当面说

①
骆玉明：《游金梦——骆玉明读古典小说》，上海：复旦大学出版社，2013年，页45。

破，又不能助力擒他。"地藏道："当面说出便怎么？"
谛听道："当面说出，恐妖精兜发，搔扰宝殿，致令阴府
不安。"又问："何为不能助力擒拿？"谛听道："妖精神
通，与孙大圣无二。幽冥之神，能有多少法力，故此不
能擒拿。"

他们的关系不禁令人想到《红楼梦》第四回中
的门子和贾雨村。在地府工作的神兽谛听与门子
都有一套"护官符"力保主子太平，人间的状况就
不用说了。

这种调侃的情趣，其实古今中外都有。契诃夫
有个短篇小说叫做《醉汉同清醒的魔鬼的谈话》，
说的是担任地狱办公厅主任撒旦的特别任务执行
官跨界到了人间，和醉醺醺的公务员拉赫玛托夫饮
酒交心。魔鬼看上去很沮丧，尤其是说起地狱里的
状况，"体制丝毫也没有改变。……公家照旧供给
我们宿舍、灯油、煤火等等。……讲到薪金，我们是
没有的，因为我们都算是编外人员，而且因为魔鬼
是荣誉职位……总之，说实话，我们生活得很差，简
直要沿街乞讨了。……幸亏人类教会我们受贿，要
不然我们早就呜呼哀哉了。……我们完全靠这种
收入生活"。而后拉赫玛托夫很同情他，给魔鬼倒
了一杯伏特加。他一饮而尽和拉赫玛托夫聊了所
有地狱的秘密，吐露自己的心里话，痛哭了一场，拉

赫玛托夫非常喜欢他，还留他在家里过夜。魔鬼在炉子上睡了一夜，说了一夜的梦话。临近早晨的时候，他不见了。

有趣的是，《西游记》中的梦大多带有死亡之象。行者第一次死亡就是因为做梦，被小鬼勾去冥府。第九回唐王正梦出宫门之外，步月花阴。忽然龙王变作人相，上前跪拜太宗求救，太宗梦中许诺救龙。翌日魏徵在下棋时睡着，梦斩泾河龙王，血淋淋的泾河龙王找唐王。他睡而又醒，只叫有鬼。"江流僧复仇报本"一节殷小姐的梦，说月缺再圆。骗刘洪梦见个和尚，手执利刃，索要僧鞋，便觉身子不快。后伏擒杀刘洪。第十三回刘伯钦老婆和老母都做了喜梦。因唐僧念经导致刘父在阴间消业投生。第三十七回鬼王夜谒唐三藏，唐僧梦见门外站着一条汉子：浑身上下，水淋淋的，眼中垂泪，口里不住叫："师父，师父！"伏孙悟空救井底的乌鸡国国王。也有例外，如太白金星托梦给车迟国僧人等取经人救苦救难，西梁女国女王梦见金屏生彩艳，玉镜展光明，以为是和三藏婚配交合之喜兆。

但连这个喜兆对取经人来说，也是险难的一关。

一匹马能驮得回那么多经卷吗?

《西游记》中"马"的形象很有意思,出镜率非常高。首先孙悟空是管马的"弼马温",天庭马术训练管理处负责人。小说语言是可以展示其装饰功能的,汉语的字形结构本身就具有视觉感,如果我们看《西游记》孙悟空当值弼马温一节,就可以看到许多诸如"骅骝骐骥,騄駬纤离;龙媒紫燕,挟翼騕褭;驌驦银骢,騕褭飞黄;騊駼翻羽,赤兔超光"的描写,这些"马"字旁的汉字就是装饰,通过文字体现了天庭的马多,质量也很好。

据人类学家大卫·安东尼的名著《马、车轮和语言——欧亚草原青铜时代的骑马者如何塑造了现代世界》一书中记载,"人类驯化马匹的最初动因很可能是和低成本冬季肉源的需求有关"[①] 养马并不是一件太自然的事情,因为马最适宜生活在它们进化所在的寒冷草原。正因寒冷,牛羊肉的热量不足以维持人的需要,草原人才开始和马发生密切联系。养马又需要骑马才能方便管理,这才在艰苦的条件下实现了部分驯化。张骞

①
〔美〕大卫·安东尼(David W. Anthony):《马、车轮和语言——欧亚草原青铜时代的骑马者如何塑造了现代世界》,北京:中国社会科学出版社,2016年,页209。

出使西域时，在大宛国（今费尔干纳盆地），曾经见过一种良马，就是我们现在说的汗血宝马，可见人类驯化马的历史过程。养马，必然会面对马病的问题。"一个巫术性的办法是当人骑马时，骑者要带上配个猴形带钩，或直接在马身上装佩'护身猴符'。这种护身猴符在北亚草原地带出土很多，有单独的猴，也有骑在马上的猴。"[1] "弼马温"是"避马瘟"的谐音字，李时珍在《本草纲目》卷五十一"猕猴"条下有介绍。邢义田先生专门写过文章《玉皇大帝为什么封孙行者为"弼马温"》，整理了相关历史图像材料，"马"的驯化与"猴"的形象结合其实隐含着中原文化与草原文化的交流。

昆曲里还保留一出折子《弼马温》，戏中孙悟空掌管天马，上任伊始，恰逢马王巡查，孙悟空不服，将马王与天兵打将回去。这是一出武戏，天马千匹，嘶风逐电，孙悟空以一挡百，好不骁勇。实际上世德堂本《西游记》对这一场景反而着墨不多，其实"弼马温"的官职并不大。

> 猴王道："没品想是大之极也。"众道："不大，不大，只唤做'未入流'。"猴王道："怎么叫做'未入流'？"众道："末等。这样官儿，最低最小……如稍有些尪羸，还要见责；再十分伤损，还要罚赎问罪。"（第四回）

① 邢义田：《立体的历史：从图像看古代中国与域外文化》，北京：生活·读书·新知三联书店，2020年，页29。

孙悟空生气了，认为"玉帝不会用人"，看扁他，所以愤而辞职。但这个绰号跟随了他一生。

在《西游记》故事本来的史实记载中，龙马的前身要追溯到《大唐大慈恩寺三藏法师传》和杨景贤的《西游记》杂剧。《法师传》中玄奘返程时，六百五十部经本来是用象和各种骏马驮的（"载以巨象，并诸邮骏"），后来不幸的是遇到群贼，驮象都被溺死，只得在于阗国稍微停留，离开时，有"驮马"相送。宋代《取经诗话》中，也曾出现经卷"牵马负载"。

至少，和后来《西游记》的图像呈现很不相同，一匹马驮不了那么多部经。印度没有纸，用的是"梵夹"，刻写经文的贝多罗树叶佛书，每一叶都很厚实。《法师传》中，玄奘临别高昌时，国王赠马三十匹；《法师传》的结尾，有二十匹马的队伍，很壮观。玄奘买马也比较大方，到瓜州时死了一匹，就买了两匹，一匹给自己一匹给徒弟。宋代的玄奘负笈图非常著名，画的是玄奘背着一个背篓，给我们的感觉是里面背着经书，其实不一定，就算是经书，也和我们想象出来的中国书的物质形态不太一样。

《西游记》杂剧里，马的形象就变得更加清晰，更加接近我们现代对于取经队伍成员的想象。南海沙劫陀老龙王的第三子因为行雨差池，依法当斩却被观音所救，"着他化为白马一匹，随唐僧西天驮经，归于东土，然后复归南海为龙"。这样就有了"龙马"的结合，杂剧里，唐僧会把龙马当做说话对象。"龙马"的形象是白马，主要当唐僧的脚力。其实史实中的玄奘最早拥有的马是赤色的。到了我们熟悉的《西游记》中，龙马是西海龙王第三子，因为纵火烧了殿上明珠，被玉帝判死，后来也为观音所救，送到深涧中等待唐僧。有人说，《西游记》故事里，白龙马似乎从不参与战斗，其实并不是这样。

首先，白龙马打过悟空。孽龙时期曾趁着唐僧和悟空观看陡涧的当间，骤然推波掀浪，想偷袭唐僧。然后被孙悟空发现，就发生了战斗，第十五回：

龙舒利爪，猴举金箍。那个须垂白玉线，这个眼幌赤金灯。那个须下明珠喷彩雾，这个手中铁棒舞狂风。那个是迷爷娘的业子，这个是欺天将的妖精。他两个都因有难遭磨折，今要成功各显能。

孙悟空水里不行，他又不肯出水来，直至亮明身份被收服，有了马鞍，孽龙才算得到驯化。白龙马对战斗有反应。红孩儿风摄圣僧，他"发喊声嘶"；真假美猴王时，他"在路旁长嘶跑跳"。白龙也曾帮忙救难，虽然心里很别扭，如朱紫国一回悟空治病,需要马尿,他觉得自己的尿液有奇效,能使水中游鱼成龙,山中草头变成灵芝,不肯给。后来听了一番大道理,才颇识大体叫声"等着",给了"少半盏"。唐僧金銮殿变虎一回,他"心如刀割",营救唐僧,变成宫娥行刺,可惜没有成功,还受伤了,可算得上孤身奋力抗战,并劝八戒不要散伙。作为与心猿对应的意马意象,仙家有很多说法,杨悌《洞天玄记前序》,曾说"孙行者猿精,谓心也","白马者,谓意白,即言其清静也"。悟空与妖魔赌斗越是厉害,白马越是退居背景。"心猿意马"令猴子和马的出现有了宗教上的譬喻意味,背后的来源是非常驳杂丰富的。在《西游记》中,龙是龙、马是马、龙马是龙马,需要仔细区分。

心猿与心魔

《西游记》开篇的魅力，张书绅批得很精彩："未写游西天，先写游地府；未写唐僧，先写唐王；未写妖魔，先写鬼怪；未写西天的崎岖，先言幽冥的险阻；未睹凌云渡，已见奈何桥；阿傩索礼物，判官受情书。正是一部书的影子，可谓小西游。"这些脉络，对后人理解、增补西游故事框定了有效的范式。

可以说，《西游记》的前十二回厘定了纷繁复杂的三界秩序，也为各式人物制定了活动规范。对"小我"（孙悟空）而言，西行是赎罪之旅；对"大我"而言，西行是由如来起意，观音上东土找取经人普度众生的宗教使命，始因如来说的："南赡部洲者，贪淫乐祸，多杀多争，正所谓口舌凶场，是非恶海。"（第八回）旨在取经之后，大唐"能超亡者升天，能度难人脱苦，能修无量寿身，能作无来无去"（第十二回）。度亡是一个核心议题。然而，度亡是唐僧的任务，孙悟空再如何修炼都不可能普度众生。这是"西游故事"无论如何发展，都不能改变的事情。

但孙悟空也有自己的生命课题要完成。从写作方法来看，《西游记》是由孙悟空的"小我"意图起始，而非如来布置任务在先。《西游记》第一回中，众猴笑第一次流泪的美猴王，所谓"大王好不知足"、不满"无量之福"，这才有后来的故事。可以说，《西游记》的情节推展起源于孙悟空的畏死，因为他想要"长生"，并为此走出花果山，拜了师父，花了漫长的时间与精力学习基本常识，硬闯冥界修改生死簿，大闹天宫（偷盗、假传圣旨），铸下大错，为此他吃尽了苦，实际上要比好好活着、等待生死簿上的"善终"要麻烦得多。

且《西游记》中，不仅孙悟空要求"长生"，取经人一路所遇灾祸，大部分也都与妖怪要吃唐僧肉，或摄取唐僧元阳以求"长生"有关。但"长生"这个概念太抽象，连"不死"都不足以完美诠释二字的真正意涵。换句话说生死簿的"了账"不足以让孙悟空真正"放心"。这一点设计得十分奇妙，它似乎是要告诉读者们，"长生"是一种比"不死"更深层次的心安。只要孙悟空心不安，就永远不可能得到他想要的那种"长生"。

这个安宁又是什么呢？

《南华》有云，万物皆出于机，皆入于机。真复居士在《续西游记》序中写道："机也者，抉造化之藏，夺五行之秀，持之极微。发之极险。故曰：

'天发杀机，移星易宿；地发杀机，龙蛇起陆；人发杀机，天地翻覆。'……封之则冥，拨之即动。倏而变幻，倏而智巧，倏而意中造意，心内生心。抢抢忧忧，驱神役智。聪明作祟，械牿为缘。烧空凿窍，举体皆魔。而湛寂真空之理，不可问矣。"简而言之，"人心生一念，天地尽皆知"（第八回）。

第十三回中三藏说："心生，种种魔生；心灭，种种魔灭。"心魔的破坏力大到足以覆地翻天。幼年孙悟空自花果山动了"求长生"之心，甚至要夺玉帝之位，便是一个自然生的纯粹生命由贪至恶的过程。十二回之后，《西游记》越来越展现其佛教本位的面貌。孙悟空也开始说些佛门话语。

第十七回，观音道："菩萨、妖精，总是一念；若论本来，皆属无有。"

第二十四回，悟空道："只要你见性志诚，念念回首处，即是灵山。"

第七十八回，诗云："一念才生动百魔。"

第八十五回，悟空道："佛在灵山莫远求，灵山只在汝心头。人人有个灵山塔，好向灵山塔下修。"

学者郑明娳认为，在"西行"事实的虚幻背后隐藏了取经的实质即是修心。"全书中的妖精魑魅，原都只是心中的病魔。"[1]人人受此心病之苦，如追名逐利，如荣辱烦恼。一种解脱方式宛若渔夫樵子、刘伯钦，他们只求慎独、不问世事、恬淡无为，但

①
郑明娳：《〈西游记〉探源》（下册），台北：里仁出版社，2003年，页21。

另一种方式是要超越这种私人性的解脱，超越孙悟空的畏死。齐天府所设"安静司"、"宁神司"就是孙悟空的"水秀"和"山青"，"性定果然如浪静，身安自是觉风微"。但孙悟空心的问题没有解决，悬而未"定"，自然不会有安宁。心即是性，禅宗悟道，提倡明心见性，直指本心。

孙悟空的心魔有二，一是偷盗，一是诳上。

《西游记》中出现过许多"偷盗"的符号。孙悟空"偷桃偷酒偷仙丹"，这个坏习惯可能与道教里的南方猴源流有关。林庚先生的《西游记漫话》中，就提到了"闹天宫"情节很像话本《宋四公大闹禁魂张》中的"赵正激恼京师"和《七侠五义》中的白玉堂闹东京。这几处片段都突出"闹"字，与《水浒传》英雄的诞生作比，更有市民小说的趣味。这种神偷技能，是话本小说喜欢的类型故事，神偷们放熏香，抢劫，是厉害的反面人物。又如《二刻拍案惊奇》中的《神偷寄兴一枝梅，侠盗惯行三昧戏》，凌蒙初写懒龙的偷，通过许许多多偷窃的故事，着重表现了他的机警、诙谐。在《取经诗话》中，大闹天宫的情节不过是在西天之行的路上通过对话交代出来的，提到了孙悟空两次偷桃。

《西游记》第十六回，黑熊怪原来是去救火的，一念之差偷了袈裟。文本所布置的偷盗疑云，说的恐怕是这一难为孙悟空的"贼怪"心魔。《西游记》

第二十四回，孙悟空在五观庄偷人参果，惹来大祸。这一难缘起猪八戒的挑唆（"偷几个来尝尝"），孙悟空一时负气，声称"你不知老孙是盖天下有名的贼头，我当年偷蟠桃、盗御酒、窃灵丹，怎么今日偷他一个果子，你就抽了我的头去了"。后来孙悟空弄坏了人参果树，到处搬救兵，去找了一个"东华大帝"，叫他"帝君"，然后遇到了一个人，东方朔。在中国古代神话中，东方朔和武帝神话、西王母神话是有关系的。西王母言："此桃三千年一生实，中原地薄，种之不生。"又指东方朔道："他曾三次偷食我的仙桃。"据此，始有东方朔偷桃之说。东方朔以长命一万八千岁以上而被奉为寿星。如今，"东方朔偷桃图"更是象征长寿，成为中国传统文化的元素。第二十六回孙悟空见到东方朔笑道："这个小贼在这里哩！帝君处没有桃子你偷吃。"东方朔朝上进礼答道："老贼，你来这里怎的？我师父没有仙丹你偷吃。"到底谁是老贼？孙悟空居然是这番偷盗前科的前辈，令人捧腹。此外，先前提到的宋元戏文辑佚《陈巡检梅岭失妻》中出现了"齐天大圣"名号，且说"你吃了我仙桃、仙酒、胡麻饭，便是长生不死之人"。可见那些食物都是他喜欢的，甚至，还有胡人的饮食文化。在百回本《西游记》中出现过许多水果，且比较明显的是，孙悟空喜欢喝椰子酒，唐僧则喜欢葡萄酒，此外还有枇杷、杨梅等等。通过这些食物，我们可以看到《西游记》的成书背景和种植文化之间的潜在关联。在这一系列文化传统中，没有提到过香蕉。据说，猴子并不喜欢吃野生香蕉。我们现在的香蕉品种，都是改良过的。

其他偷盗情节，诸如黄毛貂鼠黄风怪，原来是灵山脚下得道老鼠，偷了琉璃盏的清油，逃到黄风岭做妖怪。陷空山无底洞，里面有一个沉鱼落雁、闭月羞花的多情女妖精——金鼻白毛老鼠精，三百年前偷如来的香花宝烛被李天王捉住教训了一顿，于是拜李天王为义父。她费尽心机捉到了唐僧，想跟他成亲，应了民间故事"老鼠成亲"的脉络。《西游记》中对"老鼠"的形象，一直是包容的。老鼠也爱偷东西，但"西游故事"并不讨厌老鼠。这可能与"西游故事"的成书历程有关。老鼠精和毗沙门天王的关系很密切。瞿萨旦那国敬奉鼠王，因为鼠王曾经救过这个国家。有个民间故事，说匈奴数十万大军侵犯瞿萨旦那，都城危在旦夕，就在举国惊慌失措无救的时候，瞿萨旦那王突然灵光闪现，想到了城外鼠壤坟中金色鼠王的传说。情急之下，国王设案焚香，请求鼠王显灵。当天夜里，国王就梦到鼠王对他说，定当相助，愿早日准备，明早交战，必获全胜。国王连夜调集军马，凌晨杀向敌营。意想不到的是，匈奴军队的马鞍、弓弦、甲链、战袍等一切有系带的地方，都被老鼠咬断，数十万大军竟然无法参战，束手就擒。这个精灵鼠的老家就在玄奘当年路过的瞿萨旦那国，就在今天新疆和田境内。唐代之前，已经有很完整的情节。

又如猪八戒偷看美女、偷女孩子衣服，天庭帮忙孙悟空作弊戏弄小妖"偷天换日"，透露着欢乐的氛围。第八十五回在灭法国，孙悟空进城偷了四身俗人的衣服，师徒们穿戴起来，假装俗人，进城找店投宿，找借口睡在一口大柜子里。不料晚上柜子被强盗当作财物抢去，很快又被官军缴获。孙悟空就半夜作法，变了千百个小猴，钻到灭法国的国王、王后、满朝文武家里剃头。第二天，君臣发现都没了头发，才幡然悔悟。这时捕盗官员将大柜送到，师徒四人钻出，告诫国王要遵信佛法，并把国名改为"钦法国"。

在现实生活中，偷窃不是好事，但在小说里，它串联起了孙悟空人格缺陷的"心魔"投射。"偷"是他的反抗，是他的调皮，是他侵占他人所有物主权的欲望，是他无法控制自己的本能。正所谓，心生，种种魔生。

无能的唐僧

《西游记》文本中所呈现的"术"与"能"，是相对于"无术"与"无能"而言的。最早的取经故事没有神异。玄奘作为一个历史人物，去印度求经，"并不是奉旨，倒是'结侣陈表，有诏不许'"[①]。他私自出境学法，偷渡跨境，并未得天恩眷顾，这与《西游记》文本所述不同。因为当时唐朝建立不久，全国尚未完全统一，突厥不时入侵河西走廊一带，所以，朝廷对出国西行控制得尤其严格。[②]

唐僧的原型玄奘在取经之路上所运用的全部法术，除了防止被发现违法偷渡，恐怕就只有自己顽强的信念与听天由命的豪迈体魄了。在交通极不便利的年代，玄奘的行为可谓壮举，他的体能和机运算得上天眷，在佛教史上也是一个凡人修得大道的奇迹。毕竟他引进并翻译了大量对后世影响深远的经典佛教作品，在《西游记》故事之外，也是一位孤独、勇敢且功德无量的高僧。

但在百回本《西游记》中，唐僧的形象及其所获得的成就却经历了比较多的改造。《西游记》的

①
张天翼：《〈西游记〉札记》，参见梅新林、崔小敬主编《20世纪〈西游记〉研究》(下卷)，北京：文化艺术出版社，2008年，页331。

②
刘勇强：《奇特的精神漫游——〈西游记〉新说》，北京：三联书店，1992年，页8。

成书有丰富的渊源。历来学者都做了许多的考证。如玄奘所著《大唐西域记》，就是最直接的故事原型，虽然"只是一部地理风俗方面的著作，但由于它出自玄奘之手，对《西游记》的形象构成仍有一定的影响"①。此外，《大慈恩寺三藏法师传》中，也有《西游记》类似借鉴的情节。《大唐三藏取经诗话》中，出现了女儿国的故事，分拆于《西游记》中，成为两段情节。

《诗话》另一项很大的贡献，是引入了"猴行者"形象。此外，《诗话》也为玄奘新增一项传奇，即其人物形象的前生曾二度取经被杀，在文本中被反复书写三次。从《诗话》中的主角到《西游记》的灵魂人物，玄奘形象的地位其实是日益式微的。但总的来说，玄奘西天取经是《西游记》小说的叙事之核，所有人物的出场，不只五圣，甚至书写斩业龙、游地府，都是为了引出取经这个使命、引出取经人。

第四十八回，三藏看到冒死踏冰到对岸的西梁女国做生意的人感叹道："世间事惟名利最重。似他为利的，舍生忘死；我弟子奉旨全忠，也只是为名，与他能差几何！"不知"我弟子"三字是否为同位语，取经人领的是如来的"旨"。他自己何尝又不是"奉旨全忠"。第十二回三藏道："我已发了弘誓大愿，不取真经，永堕沉沦地狱。大抵是受王恩宠，

①
刘勇强：《奇特的精神漫游 ——〈西游记〉新说》，北京：三联书店，1992年，页12。

不得不尽忠报国耳。我此去真是渺渺茫茫，吉凶难定。"三藏不想去取经了，也不是去跟如来报备，而是给唐王写信。（第八十一回）唐僧在《西游记》中用到笔都不是好事，一是错怪孙悟空给他写了封贬书让他回到花果山，二是在喇嘛庙晚上解手被风吹到着凉，感冒了几天，动了半途而废的念头，写信给唐王说："有经无命空劳碌，启奏当今别遣人。"被孙悟空嘲笑了一番。《西游记》中的唐僧，承担着"君恩"嘱托，是一个忠臣。如第八十五回在灭法国，唐僧说"你为亲恩，我为君恩"，类比的是孝顺。"孝顺"和"名利"相似，是《西游记》潜在叙事中非常重要的价值观。

玄奘在《西游记》中的形象虽不如前述两部史料中呈现的那样伟岸，甚至有时显得自私、懦弱、滑稽，但他到底还是五圣核心。因四圣只是辅佐唐僧西行，他们自己是取不得真经的，即使他们看起来有比唐僧更大的本领。世德堂本中的孙悟空形象所具备"术"与"能"，恰映照唐三藏的"无术"、"无能"。这样的设计，从一定程度上起到了辩证的镜像作用。

许多人会很疑惑，为什么孙悟空那么厉害，却不是取经之旅的核心人物？

孙悟空走出花果山学本领、看世界、求知识，这一切令他对自己的生命、对宇宙有了新的认知与困惑。告别须菩提后，孙悟空的困惑和迷惘也更大。他的"能"越大，"欲"越大，"魔"就越大。后来限制他心魔最有效的法术，是观音教给唐三藏的紧箍咒。那是唐三藏在取经途中唯一学习到的本领——能迅速制服孙悟空。但这一本领也只能用来管理孙悟空，没有别的意义。

《西游记》第十二回，观音菩萨说玄奘：

> 你这小乘教法，度不得亡者超升，只可浑俗和光而已；我有大乘佛法三藏，能超亡者升天，能度难人脱苦，能修无量寿身，能作无来无去。

观音在此暗示，西天取经所能得到的大道是超度亡者、难人，取经人自己则获得"无量寿身"，"作无来无去"，这四个本领，包括了孙悟空最初所求的那个"能"。唐僧的使命是度众生，四圣度不了众生，他们自己还需要通过保护唐僧西行而获得度脱。历史上的玄奘，其实并不如观音所说那样只懂小乘佛法。佛教创立的时候本无所谓大乘小乘。后来因为对教义理解的不同，出现了一些大众化的教派，自称大乘佛教，而将以前的佛教都称为小乘佛教。乘，意思是道路、运载，所谓的"大乘佛教"往往是自称，说自己的修行就像大船大道一样，能够把更多的人运载到永生的极乐世界去，在中国就叫做"普度众生"。而所谓的小乘佛教,往往是他称,尤其指的是那些比较原始的,只会自修自救的教派。玄奘本人所修行的主要是大乘教,到了印度以后,在迦湿弥罗国(在今克什米尔境内)、小乘佛教的发源地之一,玄奘在这里用了两年时间学习了小乘佛教的主要经典。

此外,侯冲先生提示我们另一个思考方向。他认为,我们在做研究的时候不能把玄奘简单等同于唐僧。两人除了取经时间不一样(一个是贞观初年,一个是贞观十三年,取经往返时间一个是十七年,一个是十四年)之外,当我们看到《大藏经》未收的大量佛教仪式文献后,就可以发现《西游记》的作者非常熟悉佛教瑜伽教及其仪式文献,不仅知道全真道的某些知识,也学过佛,而且学的这个佛,是一般人不太了解的瑜伽教及其仪式文献。在《〈佛门请经科〉:〈西游记〉研究的新资料》一文中,侯冲先生推论唐僧可能是应付僧。应付僧所学习的就是瑜伽教。他们专门应付世俗之请替人举行法事时使用的仪式文本,就是瑜伽教仪式文献。他认为,唐僧是以主持水陆大会的应付僧身份出场。应付僧被推崇的,不是义学水平,而是唱腔。唐僧"佛号仙音,无般不回",金山寺又是水陆大会的传统道场,唐僧是在金山寺长大出家的,名正言顺,又会整理音乐,所以成为皇帝举办的水陆大会的主坛法师,负责方方面面的安排。一直到帮刘伯钦父亲做法事,他一个人做的小法事,不开坛,但是他念经荐亡是有效果的,刘伯钦父亲托了一个梦。①

①
侯冲、王见川主编:《〈西游记〉新论及其他——来自佛教仪式、习俗与文本的视角》,新北:博洋文化出版社,2020年。参看书中《〈西游记〉与佛教关系新探》、《玄奘:从僧人到形象大使》、《〈佛门请经科〉:〈西游记〉研究的新资料》、《整理〈佛门请经科〉》等文章。

由此,唐僧由玄奘原型而来的圣僧形象被彻底解构了,他被降格为一个普通的法师。在《西游记》中,唐僧的“无所不会”是抽象的,是宗教的领会,也可能是音乐的领会。观音送他的袈裟、锡杖,乌巢禅师送他的《心经》并未如菩萨所言发挥避祸降魔的功效。唐僧最大的“无能”是他既无法术神异,也无基本的判别力。他因“至诚”而盲目不识,却独有对苦难无尽的容忍以及成大道的信念。并且有别于其他取经人,唐僧还有一个世俗的使命,便是“尽忠以报国”,他的服务对象是皇帝。历史上的皇帝当然也有“度亡”的需求,如贞观三年(629),李世民下令在战场处修建七所寺院超度亡魂。贞观十五、十六年前后,他在弘福寺为太穆皇后追福。但这不意味着皇帝就相信佛教。

《西游记》对于取经人能力制衡的设计与布局,仔细想来,透露着深意。

猎人与樵子

在《西游记》开篇,最精彩的叙事莫过于妖魔与神仙法术和能力的较量。孙悟空在大闹天宫时打遍天兵天将,只有如来以大明咒六字定心真言才压住他,"五行山下定心猿"着眼于一个"定"字。且不论法术法器,即使是凡间的普通人,都有超越唐僧能力百倍、聪慧异常的能人。

如第十三回唐三藏上路不久,二从者就被妖魔吃掉了。唐三藏虽然得太白金星救护,脱了此难,但面对毒蛇猛兽,孤身无策。正当他百般央求猎户刘伯钦再送他一程而刘伯钦推辞时,孙悟空出场了。刘伯钦虽是个凡人,却有杀虎之"能"。但他的这个本领又十分有限,他拒绝继续护送唐僧的原因是:

> 长老不知,此山唤做两界山。东半边属我大唐所管,西半边乃是鞑靼的地界。那厢狼虎,不伏我降,我却也不能过界,你自去罢。

《西游记》中有许多知道自己能力局限的人,刘伯钦是一位，另外，如孙悟空在寻找第一位师父须菩提的过程中，先遇到的那位樵夫，也是“打扮非常”，孙悟空叫他“老神仙”。孙悟空反复邀“老神仙”同去学“长生不老”之法，樵夫却答：

你这汉子，甚不通变。我方才这般与你说了，你还不省？假若我与你去了，却不误了我的生意，老母何人奉养？我要斫柴，你自去，自去！（第一回）

樵夫对长生不老不感兴趣，对孙悟空的诱引也毫不领情。与刘伯钦一样，樵夫也说了“自去”二字，颇令人玩味。樵夫否认自己是神仙，而且给孙悟空指了一条路去寻找灵台方寸山，但他自己不去。他不去也罢了，却清清楚楚地知道要去灵山胜地的小路，还知道须菩提现今有多少徒弟。得道的路途，他好像比常人了解得多而透，但自己就是不去。

樵夫不去求长生，自己过得又是什么样的生活呢？文中所言，“家事劳苦，日常烦恼”，完全不得极乐解脱，但这樵夫偏偏不想要去解脱，也不求解脱旁人，十分奥妙。樵夫站在自己的局限里，他知道再远处就是刘伯钦眼中的鞑靼了，超越他自身经验可以掌握的范围，会遭遇到“不伏我降”的事。樵夫知道自己能力的局限，前提是他知道自己有能，但他却有限地去实现，甚至去保护、规避"能"的放纵。斫斫柴有什么不好呢？在花果山当大王有什么不好呢？去了就要和孙悟空一样生存在生死簿以外，携带一个族类不死不活、不明不白，在他看来，这才是人生真正的艰困之处。

第九回说道渔翁、樵子一段，也传递除了与之相似的观点。实际上正如崔小敬的爬梳提醒我们的："百回本中山难多于水难，相对而言樵夫的身影也就多于渔翁了……百回本不沿用古本《西游记》中'两个渔翁'的说法，而将之改为'一渔一樵'，即使二者在叙事功能上相差无几……上述的几个樵夫形象，还都带有一些指点迷津的意味。"①

张稍道："李兄，我想那争名的，因名丧体；夺利的，为利亡身；受爵的，抱虎而眠；承恩的，袖蛇而去。算起来，还不如我们水秀山青，逍遥自在；甘淡薄，随缘而过。"而后，两人关于"水秀山青"有十分奥妙的对诗，包括"无荣无辱无烦恼"、"无忧虑，不恋人间荣与贵"、"无挂碍，无利害，不管人间兴与败"、"性定果然知浪静，身安自是觉风微"、"心宽强似着罗衣"……尤其是"潜踪避世妆痴蠢，隐姓埋名作哑聋"，与其说是在谈论淡泊名利、心定神安的出世情结，不如说是另一种层面上的入世权衡。

太聪明的人在世间"装聋作哑"，傍身的并不是积极却又避祸实用的生活力。刘勇强认为："明中

①
崔小敬：《论〈西游记〉第九回"渔樵攀话"的功能与意义》，《明清小说研究》2012年第1期，页75。

叶文人对生活也持一种适世的态度,以自得其乐为人生的最高境界。他们非常强调一个'乐'字。"①《西游记》在此的渔樵问答则呈现出了这种"适世"的态度。但正因如此,"普度众生"这样艰困的工作就需要天真、笨拙的人去做了。

要放弃花果山洞天福地的逸乐而去克服虚无是需要付出很大代价的,最大的代价就是受难,最好的办法是劳动。希腊神话中的西西弗斯和孙悟空一样绑架死神,让世间没有死亡,众神对他的处罚是让他永无止境地推石头,又受难又劳苦,历经极尽的磨难。大部分人,吃苦可以,不要受罪就行。砍柴就很好,照顾家人也很好。这个道理,当时的孙悟空是不明白的。

西行路上,越是接近目的地,遇到的人离灵山也很近。第九十六回唐僧问路,孙悟空很反常地说他不认识。唐僧见路边"那二老正在那里闲讲闲论,说甚么兴衰得失,谁圣谁贤,当时的英雄事业,而今安在,诚可谓大叹息"。老者道:"我敝处是铜台府。府后有一县,叫做地灵县。长老若要吃斋,不须募化,过此牌坊,南北街,坐西向东者,有一个虎坐门楼,乃是寇员外家。他门前有个'万僧不阻'之牌。似你这远方僧,尽着受用。去,去,去!莫打断我们的话头。"颇有催赶之势,唐僧还发了一通感慨,说:"西方佛地,贤者,愚者,俱无诈伪。那二

①
刘勇强:《奇特的精神漫游 ——〈西游记〉新说》,北京:三联书店,1992年,页78。

老说时，我犹不信，至此果如其言。"西方佛地人，原来态度不太好。他们僧人见得多了，怕被人打断自己的话头。畅谈入世事，烦见出家人。他们的不耐烦，恰似行者第一次离开家乡外出遇到樵夫说的："你自去！"

有趣的是第八十六回，再次出现了"樵子指路"。

> 樵子闻言道："老爷切莫忧思。这条大路，向西方不满千里，就是天竺国，极乐之乡也。"

极乐离得那么近，樵夫依然没有去。

孙悟空学本领

孙悟空跟着须菩提，开始时学一些儒家礼教，"洒扫应对，进退周旋之节"。多年后提出要学"长生"之法，须菩提引出四门："术"字门、"流"字门、"静"字门、"动"字门。孙悟空听出祖师话中有话，四门皆可破，统统不要学，他只执着于"长生"、"长久"、"长远"六字，且他接到祖师暗示，知道所谓长生之妙道在于金丹大道。

这里略有一些时序上的紊乱处。譬如，《西游记》中的孙悟空喜欢说许多俗语。放在取经之路之前，更像是一种幼童说大人话的表现，如跟龙王讨兵器，他就说："古人云：'愁海龙王没宝哩！'"跟龙王要装备，他又说"一客不犯二主"、"走三家不如坐一家"、"俗语谓'赊三不敌见二'"。但第一回瀑布称王之后，他却说了一句"人而无信，不知其可"。

孙悟空作为一个灵猴，天然就会说话不足为奇。全《西游记》中，他说的第一句话是"我进去，我进去"，响应群猴号召进入瀑布源头，但他说

"人而无信,不知其可"这样《论语》中的话就很奇怪了。

我们知道,孙悟空是直到第一次离开花果山,才"在市廛中,学人礼,学人话",也是在这第一场出门寻道途中,见识到了"世人都是为名为利之徒,更无一个为身命者"这样的世态人情。

第八十七回凤仙郡求雨,郡侯上官榜聘明师,孙悟空不知道"郡侯上官"是什么,众官道:"上官乃是姓。此我郡候之姓也。"行者笑道:"此姓却少。"八戒道:"哥哥不曾读书。《百家姓》后有一句'上官欧阳'。"八戒居然还嘲笑孙悟空没有读书。实际上,读书人大概更能懂得孙悟空的不安。

《西游记》中"引经据典"的现象很常见,学人多有研究成果。一方面是语言上,另一方面则有教化意义,是借由语言的一种意义渗透。鲁迅援引明人谢肇淛"求放心"一说,其实也不是谢肇淛的发明,而是起源于孟子①。"舍其路而弗由,放其心而不知,哀哉!"用孟子的观点来看,樵夫和刘伯钦那种悉心养护自己的"能"、"故君子必慎其独也",与孙悟空早年对欲的放纵一样都是不对的。而后来孙悟空知其不可为而为,踏上漫漫取经路获得救赎才是正果。

谢肇淛认为在《西游记》中,孙悟空为心的元神,猪八戒为意的奔驰。"所以小说一开始在写心的

① 参见《孟子·告子》:"仁,人心也;义,人路也。舍其路而弗由,放其心而不知,哀哉!人有鸡犬放,则知求之;有放心而不知求。学问之道无他,求其放心而已矣。"

放纵，孙悟空闯龙宫、闹冥府、反天界，没有人能管得住他，后来'定心真言'一出，才将之降服，一心一意地保唐僧取经。"[1]

台湾学人罗龙治对此问题的看法也值得借鉴，他指出孙悟空在未皈依佛教的智慧以前与其他从天界逃出或散居地上的妖魔无异，都是没有是非观念的非道德动物，无限制地追求满足。[2]在无智慧界，兽的能量是无限的，得益于欲的膨胀。他们或因欲望失当、触犯天规、报仇等因由从天宫落入凡间，本身就是一项积累了激烈情绪的仇怨与顽抗，好像沙僧和猪八戒被重罚贬入下界之后不断吃人。

这种强烈的"能"量是与孙悟空所要抵达的悟"空"的境界是相违背的。经由宗教力量启迪后的孙悟空，有了"心"，也有了不足的"智慧"，他可以看破妖象，但欲望变低，能够抵抗欲望之兽的能量也就越弱。他最有攻击性的时刻，停留在早年妄言要取代玉帝之位时。那也是他求长生之欲、求虚名之欲最热烈的时刻。唐三藏的"无能"则更可以映衬他超凡入圣的过程。"出城逢虎"、"灭法国难行"、"平顶山逢魔"等险难都告诉取经人，妖兽的术能只要是源自欲望，都指向毁灭。节欲修德，甚至扬弃"术"、"能"，才能维系心灵真正的宁静，确保平安。

取经之路上孙悟空虽然保留了仁义的江湖气，

①
参见陈俊宏:《西游记主题接受史研究》,台北:万卷楼图书,2012年,页13。

②
罗龙治:《〈西游记〉的寓言和戏谑特质》,《书评书目》1977年第52期,页11—20。

但他的目标明确，并不是为了成为三界中武功最高的人或者打遍天下无敌手，而是为了度厄、释厄。除了度厄，还要参透厄。群魔虽然各有异能，但其作恶根源在于"魔障未除"，甚至还肩负着"百灵下界"为取经人制造受难的功用。

齐天大圣五百年前在天宫作下了孽，是他后来踏上取经之路的重要原因。其实五圣皆是如此，多少在天界犯了一些错误，如第一百回释迦如来说起唐僧的来历，"汝前世原是我之二徒，名唤金蝉子。因为汝不听说法，轻慢我之大教，故贬汝之真灵，转生东土"。猪八戒"本天河水神，天蓬元帅。为汝蟠桃会上酗酒戏了仙娥，贬汝下界投胎，身如畜类"。沙悟净"本是卷帘大将，先因蟠桃会上打碎玻璃盏，贬汝下界"。这里面有一个天神谪降赎罪的问题，也有量罪的问题。群魔与上界存在有千丝万缕的联系。如金角、银角大王，实为观世音向太上老君借来的金银二童子；终南全真怪，是文殊菩萨的青毛狮子等等。面对妖兽，杀不杀有一个尺寸，派谁去杀，也有一个尺寸。《西游记》中处处都是隐语，草蛇灰线。

孙悟空通过知识学习，真正学到的"本领"，其实是儒家强调的"孝顺"。

《西游记》第二十九回宝象国、第三十二回平顶山莲花洞两难，都有一个"孝"字萦绕（如金角大王要请母亲来吃唐僧肉、后"老魔挂了孝服")。百花羞让唐僧带封信给国王，当时说的理由就是"思量我那父母，不能相见"。"家书"本来就有"孝"意，书中开头就写"不孝女百花羞顿首百拜"、"正含怨思忆父母……"落款是"逆女"，但小说中她并不是主动私奔的，她的确是八月十五被奎木狼掳走的。

百花羞两次提到奎木狼，对这位丈夫都没有任何带感情的评价，对孙悟空提起时，更是说自己被"摄骗"。百花羞为唐僧求情时，对奎木狼故意提到"自从配了你，夫妻们欢会"，可见心机。奎木狼果然也爱听这个，就放了唐僧。(第二十九回)沙僧猪八戒又打回去，奎木狼怒骂百花羞，说的是："你穿的锦，戴的金，缺少东西我去寻，四时受用，每日情深，你怎么只想父母，更无一点夫妇心？"(第三十六回)彼时孙悟空因尸魔一难被逐，回来以后，要摔百花羞那两个孩子，公主说："我自幼在宫，曾受父母教训。记得古书云：'五刑之属三千，而罪莫大于不孝。'"行者说："你正是个不孝之人，盖'父兮生我，母兮鞠我。哀哀父母，生我劬劳'！(这是《诗经》里的话)故孝者，百行之原，万善之本。却怎么将身陪伴妖精，更不思念父母？非得不孝之罪，如何？"(第三十一回)还有什么"顺父母言情，呼为大孝"……其实孙悟空说起这种话来很别扭，因为他无父无母。那时候两个师父都不认他了。

在小说中，奎木狼的设置和"孝"的理念是冲突的，他其实提出了一个非常尖锐的问题，也就是人的伦理身份很可能是互斥的。百花羞的孝女身份阻碍了贤妻职能，所以他去认亲的过程非常凶狠，还把唐僧变成了老虎。结果自然是丧子，针对的也是"孝"的惩罚。他的遭遇虽然让人同情，前定的因缘，百花羞居然忘记了。百花羞看起来真的对他没什么感情，而且花心思去了解他、顺应他以期逃离。这十三年的婚姻真就是强扭的瓜。

猪八戒请孙悟空回来的时候说，"一日为师终身为父"，大概也是在化用"孝"名。尤其孙悟空对唐僧说："师父呵，你是个好和尚，怎么弄出这般个恶魔样来也？"是针对被逐时唐僧对孙悟空说，"我是个好和尚，不受你歹人的礼"。奎木狼是狼，三藏是恨虎，这一难也是唐僧心魔幻化的虎狼之灾，所以脱难后与孙悟空说，"贤徒，亏了你也"。最后孙悟空归队，故事得以继续进行。

取经人的怕和爱

孙悟空跟须菩提学会了驾觔斗云和七十二般变化,后又从龙王处得到兵器,大闹天宫以后,他又有了火眼金睛、金刚之躯、刀枪不入之"能"。于是他自以为再无敌手,要夺玉帝之位,如来佛祖淡淡发问:"你除了长生变化之法,再有何能,敢占天宫胜境?"(第七回)取经之路上许多妖精都会变化,猪八戒也会三十六变。腾挪之术只驮不了凡胎,妖魔精怪哪一个不会飞?

可孙悟空有一个其他取经人没有的本领,就是他能辨真假、识妖魔,更重要的是他认路。孙悟空怕什么呢? 怕水、怕烟。

第二十二回孙悟空说:"水里勾当,老孙不大十分熟。若要空走,还要捻诀,又念念'避水咒',方才走得;不然,就要变化做甚么鱼虾蟹鳖之类,我才去得。若论赌手段,凭你在高山云里,干甚么蹊跷异样事儿,老孙都会;只是水里的买卖,有些儿狼犺。"第四十一回说:"原来这大圣不怕火,只怕烟。当年因大闹天宫时,被老君放在八卦炉中,煅过一番。

他幸在那巽位安身,不曾烧坏。只是风搅得烟来,把他熻做火眼金睛,故至今只是怕烟。"

他最怕紧箍咒。唐僧什么都不会,只会紧箍咒。在勘探孙悟空与唐僧二人关涉术能的问题之时,有一个疑惑似乎显得十分重要:既然孙悟空那么厉害,唐僧又那么无能,为何不让孙悟空自己去西天将经文搬回,何苦劳师动众历经如此多的灾难?

《西游记》二十二回已做了有趣的解答。

八戒问悟空:

八戒道:"哥啊,既是这般容易,你把师父背着,只消点点头,躬躬腰,跳过去罢了,何必苦苦的与他厮战?"行者道:"你不会驾云?你把师父驮过去不是?"八戒道:"师父的骨肉凡胎,重似泰山,我这驾云的,怎称得起?须是你的觔斗方可。"行者道:"我的觔斗,好道也是驾云,只是去的有远近些儿。你是驮不动,我却如何驮得动?自古道:'遣泰山轻如芥子,携凡夫难脱红尘。'像这泼魔毒怪,使摄法,弄风头,却是扯扯拉拉,就地而行,不能带得空中而去;像那样法儿,老孙也会使会弄。还有那隐身法、缩地法,老孙件件皆知。但只是师父要穷历异邦,不能彀超脱苦海,所以寸步难行也。我和你只做得个拥护,保得他身在命在,替不得这些苦恼,也取不得经来;就是有能先去见了佛,那佛也不肯把经善与你我。"

这一段说了多重意思，其一是孙悟空的腾云驾雾之法，只是在技术程度上超越八戒，他们会的这个"术"，从本质上来说是一样的，驮不动凡胎肉骨。其次，他的变化之"术"，包括使摄法，弄风头，包括隐身法、缩地法，沙和尚会的、其他妖兽会的，孙悟空也会，仅有程度之差。但这些施法斗法，和西天取经不是一回事，并不因为孙悟空独自打赢一切妖怪，就能取得真经。"术"的用处永远是有限的。这一点，在二十二回时孙悟空、猪八戒已经十分清楚。唐僧要西天取经，从主次上来说，师徒分明，孙悟空的术能、八戒的术能，所有徒弟的术能最大功用只是为了"拥护"，"保他命"而已，但"替不得苦恼"，也"取不得经来"。

到了第五十七回，假猴王占了花果山，沙和尚被迷惑，也曾发生一组对话：

行者闻言，呵呵冷笑道："贤弟，此论甚不合我意。我打唐僧，抢行李，不因我不上西方，亦不因我爱居此地。我今熟读了牒文，我自己上西方拜佛求经，送上东土，我独成功，教那南赡部洲人立我为祖，万代传名也。"沙僧笑道："师兄言之欠当，自来没个'孙行者取经'之说。我佛如来造下三藏真经，原着观音菩萨向东土寻取经人求经，要我们苦历千山，询求诸国，保护那取经人。菩萨曾言：取经人乃如来门生，号曰金蝉长老，只因他不听佛祖谈经，贬下灵山，转生东土，教他果正西方，复修大道。遇路上该有这般魔障，解脱我等三人，与他做护法。兄若不得唐僧去，那个佛祖肯传经与你！却不是空劳一场神思也？”

虽不辨真假悟空，但沙僧对自己护法的使命也是了然于心的。“去西天”在这里，已经不是地理意义上和身体意义上的行旅，而是一种宗教性的实践哲学。孙悟空从花果山出来，为求道“长生”而展开行旅。直到随唐三藏取经之时，已经为赎罪而皈依佛门。而关于虚无，他也有了新的认知。孙悟空能够认识到心魔与术能之间的关系，也就可以领悟扬弃“术”的真谛。

仔细读来，在《西游记》中，沙僧一直是孙悟空的头号粉丝。孙悟空从来不捉弄沙僧，沙僧也真心佩服悟空。第三十一回，唐僧金銮殿变虎，孙悟空回来救援，沙僧一见到孙悟空，就“醍醐灌顶，甘露滋心，一面天生喜，满腔都是春”，直如“拾着一方金玉”。第三十九回，孙悟空被烟熏着，浑身发凉，沙僧为他“满眼垂泪”。转眼孙悟空醒来，第一个叫的还是“师父”。沙僧只能苦叹：“哥呵，你生为师父，死也还在口里。”尸魔一难，八戒呆里藏奸。行者第二次打杀尸魔，唐僧不满，八戒进一步挑拨。“八戒道：‘师父，他要和你分行李哩。跟着你做了这几年和尚，不成空着手回去？你把那包袱里的甚么旧褊衫、破帽子，分两件与他罢。'行者闻言，气得暴跳道："我把你这个尖嘴的夯货！老孙一向秉教沙门，更无一毫嫉妒之意，贪恋之心，怎么要分甚么行李？"行者被赶走前叮嘱沙僧：'贤弟，你是个好人，却只要留心防着八戒言语，途中更要仔细。'"值得注意的是，沙僧劝孙悟空归队，孙悟空表示希望他下次劝服唐僧不要念咒。往后一次唐僧说要念禁箍儿咒，沙僧果然上前苦苦相劝。

在小说里，欲望和恐惧都是非常重要的书写对象。"怕"与潜意识的追求其实是如影随形的。怕，就是弱点，就是渴望。猪八戒是"恋家鬼"，偏爱他的唐僧其实也恋家，但他恋的不是小家，而是故国。唐僧每次见到美景思乡，总会惹来险难。而孙悟空心中的家是家乡花果山。许多人都研究过取经团队的合作方式，事实上这个团队并不那么和睦，甚至不那么理性，充满了人的杂念、欲求和软弱。而《西游记》要做的事，所谓的"求放心"、所谓的"除心魔"，也正是尝试一切手段展演贪嗔痴的风险，期待通过教化，能够平息或调试人之为人的复杂欲望。

唐僧的潜能

　　在西行之路上，作为师父的唐僧好像没有教得孙悟空什么具体的本领，倒是通过紧箍咒令孙悟空时时戒备着以下犯上、杀生惹祸。回看唐王群臣推举玄奘法师为取经人，理由是他"根源又好，德行又高；千经万典，无所不通；佛号仙音，无所不会"，但这些三藏都没有仔细具体地教授给孙行者。

　　唐僧到底有没有"术能"呢？

　　潜藏于《西游记》中，其实有许多奥妙未解。如第十二回写观世音菩萨带着如来所赐的宝物——锦襕异宝袈裟，九环锡杖，金、紧、禁三个箍儿，去东土找寻取经人，这些宝物最后都给了三藏。第十九回，乌巢禅师还送了三藏《心经》。袈裟的作用，观音说是"不入沉沦，不堕地狱，不遭恶毒之难，不遇虎狼之灾"，"若贪淫乐祸的愚僧，不斋不戒的和尚，毁经谤佛的凡夫，难见我袈裟之面"。为第十六回"观音院僧谋宝贝　黑风山怪窃袈裟"埋下伏笔，但实际上，被窃的袈裟是靠孙悟空去找观音帮忙才拿回的，逃避的火灾也是孙悟空发现的，袈裟本身并没有起到避祸的作用。

而锡杖的作用，观音说得更为抽象：

> 铜镶铁造九连环，九节仙藤永驻颜。入手厌看青骨瘦，下山轻带白云还。摩呵五祖游天阙，罗卜寻娘破地关。不染红尘些子秽，喜伴神僧上玉山。

这是一种什么样的作用呢，好像可以上天入地，不染红尘。"青骨"就是仙骨，下山的时候能带着白云下来，此物带着成仙的意境，但不知道有什么实际的作用。《心经》的作用，乌巢禅师说是"若遇魔障之处，但念此经，自无伤害"。依照文本的叙述来看，《心经》应有辟魔的效用，但事实是，在接下来取经路途上，《心经》从未发挥过此类效用。唐僧的法器和能力恐怕是被遮蔽的。他"无所不会"，但他却不使用"无所不"。

> 问曰：神通有何次第？答曰：菩萨离五欲，得诸禅，有慈悲故，为众生取神通，现诸希有奇特之事，令众生心清净。何以故？若无希有事，不能令多众生得度。(《大智度论·释六神通》)

> 大慈与一切众生乐，大悲拔一切众生苦。(《大智度论·释初品中·大慈大悲义》)

问：何故目连先不度母，得通果遂方救母耶？答：未获果时烦恼未尽，即有障碍不能拔苦。(《盂兰盆经赞述》)

依照佛教的看法，任何方便，包括法术，施用场合得当时都是正当的。有道者不在度脱众生的背景下使用法术，则要遭到批评。神通的术能，是通过修行达到的，修行者一旦获得正果，神通自动慈悲行事。换言之，唐僧历经万苦去如来处取经，并一路感化众人，实为最终普度众生。他的能力不是通过使用展现的，而恰恰是要在修成正果之后，自然而然显现的。这是他之所以看似无能，却为五圣首领的真正缘故。他的"术能"得来与孙悟空正好相反，他持有的法器看似无用也归因于此。

美国学者太史文 (Stephen F. Teiser) 在《幽灵的节日》(The Ghost Festival in Medieval China) 一书中写道："佛陀的锡杖在帮助持有者冲破阻障击败对手上威力非同一般……这威力使佛教高僧敢于进入他道并度脱他人……僧人的袈裟象征着佛的权威并保证其传承的连续性，传给禅宗六祖的袈裟便是最出名的事例。"[1]

除此以外，还有唐王所赠紫金钵盂，本来是给唐僧取经路上化缘与饮水用的，后来作为"人事"送给了阿傩、迦叶。在太史文看来，"佛给与三藏和

①
〔美〕太史文:《幽灵的节日——中国中世纪的信仰与生活》，侯旭东译，杭州：浙江人民出版社，1999年，页142—143。

尚唐僧袈裟、锡杖与三个紧箍咒。这些法物使他们在觉悟路上免于后退,避毒解害,降恶魔归佛道"。更明确一点说:"佛教传统中,巫的视觉体验乃至身体所具有的力量被认为是根植于禅定修行;其救人离苦难的法力是基于他掌握训练心识的技巧,这些是僧人独有的本领。"故而,唐僧的法力在于"度人",孙悟空能降魔保护唐僧却不能如他一样带着"度人"的使命和能力。唐僧度一切苦厄,包括了妖魔的厄、南赡部洲的苦,也包括了孙悟空的不老长生之愿。唐三藏的使命,是由如来布置的,将《法》一藏、《论》一藏、《经》一藏这三藏真经"永传东土,劝化众生"。这众生中,也包括鬼。受罚被压五百年的孙悟空显然没有造诣承担这项高人才能承担的重任。观音交给孙悟空的任务,是"秉教伽持,入我佛门,再修正果"。救他出五行山,条件是入佛门、保护扶持唐僧取经,完成取经任务后,再修正果。

每次唐僧见山都会害怕有妖魔出现,又会担心无路可走。孙悟空总是搬出《心经》来劝说唐僧不要多心,如:

行者笑道:"只管走路,莫再多心。"(第四十回)

行者道:"老师父,你忘了'无眼耳鼻舌身意'。我等出家人,眼不视色,耳不听声,鼻不嗅香,舌不尝味,身不知寒暑,意不存妄想——如此谓之袪褪六贼。你如今为求经,念念在意;怕妖魔,不肯舍身;要斋吃,动舌;喜香甜,嗅鼻;闻声音,惊耳;睹事物,凝眸:招来这六贼纷纷,怎生得西天见佛?"(第四十三回)

　　行者笑道:"你把乌巢禅师的《多心经》早已忘了?"三藏道:"我记得。"行者道:"你虽记得,这有四句颂子,你却忘了哩。"三藏道:"那四句?"行者道:"佛在灵山莫远求,灵山只在汝心头。人人有个灵山塔,好向灵山塔下修。"三藏道:"徒弟,我岂不知?若依此四句,千经万典,也只是修心。"行者道:"不消说了。心净孤明独照,心存万境皆清。差错些儿成惰懈,千年万载不成功。但要一片志诚,雷音只在跟下。似你这般恐惧惊惶,神思不安,大道远矣,雷音亦远矣。且莫胡疑,随我去。"那长老闻言,心神顿爽,万虑皆休。(第八十五回)

　　历史上,《心经》本是玄奘翻译的。孙悟空说《心经》却能说得如此鞭辟入里,可见教学相长也。而唐僧的心事,也为孙悟空的内心埋下了隐忧。到了《西游补》中,孙行者就一直在为他寻找"驱山铎"。

许败不许胜

.

前文提到了,《西游记》中通过观音菩萨、弥勒菩萨、如来佛祖传递给孙悟空一个重要的战术就是"许败不许胜",深藏着中国哲学的奥妙。从表面上来说,"不能赢"是一种战术,实际上是一种人生哲学。

孙悟空是一个好奇心和胜负欲都很强的角色。他善于观察和学习,也会总结教训;提出的人生问题,都是很好的问题。

鲁迅用了"求放心"挈领《西游记》的小说主旨,其实是提炼了文本中所出现过的所有宗教意识指向的终极关怀——即对于生命本源和死亡价值的探索构成的终极思考,以人的存在的有限性而又期盼无限的本能,为"道心开发"以后的迷惘指点迷津。这迷津玄之又玄,是说不破的,其实根本没有师父可以传授,统统要靠本人自我砥砺。

孙悟空开始是从"道"中寻找心的,最后却又转投佛教,他在抵达身体的"长生"之后,渐渐又有了别的追求。说明在"长生"背后,必然有一个更值得追求的超越性目标,指引着孙悟空历尽苦楚。

他竭尽所能辅佐唐僧取经,唐僧也以自身使命力保孙悟空通过取经之路重获正"名"。

孙悟空对超越的渴望,源自现实的局限,是在不断进取中不断演变的。诚如死亡的问题只是世界全部根本问题之一,它带领孙悟空从开智慧,一路走向更深层次的超越性思考。向死而生,是孙悟空"成人"的起点,而非其思考的终点。而有了这样的觉悟,孙悟空从花果山走向宇宙人间的路途,才渐渐得以以丰富的面目递进展开。

他借助天赋的"能"及从高人身上习得的有限的"术",展开了求取大道之历程。但"术"与"能"在给他提供大量求生技能和便利的同时,也令他犯下过失。他将最终扬弃的,是曾经深深依赖的神异之"能",并由此走向他多个名号所赋予他的漫长的苦难。

《西游记》中最聪明的两个人是须菩提和如来,前者授"术"于孙悟空,后者则告诉他"术"的局限,天地之广阔,形成对峙与辩证。但这两个高人好像都不亲自参与征服世界,不具体地去拯救劳苦大众,他们任由摆不平的世界继续维持动态的流变,产生矛盾并自然化解,他们鸟瞰众生不安于室又重蹈覆辙,从人间选取普度之人。

《西游记》中,在面对种种"厄"象之时,取经人之间修正着自己对于西行行为的认知。然"释厄证

①
参见龚鹏程:《中国小说史论》,台北:学生书局,2003年,页18。

道的现代用语,正是意义的追寻或生命的解脱"①,《西游记》要为这种觉悟作传,意图非常明确。"释厄"的过程,需要取经人自去和自然界的无常与困苦做对抗,又需要他们从对抗中获得自上而下的最终和解。这已经不单是说几个历险故事,通过降妖除魔、惩恶扬善的行旅活动所能承载的内涵了。踏上取经之路后,开篇炫目的世相图景也逐渐进入到规整的叙事秩序中。《西游记》在论证"释厄"的同时,也在不断触及关涉"人的无能与超越"。一个人意识到自己"无能"是十分重要的,意识到"无常"也是十分重要的。

总之,《西游记》以取经人有限的"能",加上后天习得的"术",不断去撞击自然,撞击因果;由形而下通达形而上,修持心性,走近大道,最终得到的是众生的启蒙与升华。这个意义很宏大,也是如刘伯钦、樵夫之流的小智慧、小法术终生不能达到的。他们口中的"自去",没有对人的死生、宇宙秩序的生成建立起超越性认知的企图,自然也不会有领悟。"你自去罢",不是"空诸一切归于无",而是"实生机心"的另一种趋附个人主义的事功,难成大道。

《续西游记》也读出了原著的深意,希望孙悟空去除"机变心",才能交换真经。"机变心"也是求胜欲的展演,是"小法术"。只要存有"机变心",就会有界限,就会看不懂大道、求不得放心。

争名与争功

有趣的是，取经之路上的孙悟空，虽然不再如童年时候那样妄自尊大，但还是常常将"名"挂在嘴上。

行者要名不要财，如第三十八回，"行者道：'老孙只要图名，那里图甚宝贝！'"为名不跟女斗，也没有唐僧和八戒的怜香惜玉，第七十二回盘丝洞遇蜘蛛精洗澡，行者道："我若打他啊，只消把这棍子往池中一搅，就叫做'滚汤泼老鼠，一窝儿都是死'。可怜！可怜！打便打死他，只是低了老孙的名头。常言道：'男不与女斗。'我这般一个汉子，打杀这几个丫头，着实不济。"到了第八十五回，行者见妖精在这里弄喧儿。"若老孙使铁棒往下就打，这叫做'捣蒜打'，打便打死了，只是坏了老孙的名头。""那行者一生豪杰，再不晓得暗算计人。他道：'我且回去，照顾八戒照顾，教他来先与这妖精见一仗。若是八戒有本事，打倒这妖，算他一功；若无手段，被这妖拿去，等我再去救他，才好出名。'"

从打法上来讲，孙悟空到了后期已经不太一棍子将妖怪打成肉泥。一方面他曾因此两次被唐僧赶回花果山，心有余悸；另一方面，他开始留意到"功果"与声名的关系。

好几次孙悟空与妖怪缠斗，八戒在侧面或"照背后"一钯，"筑得九个窟窿鲜血冒，一头脑髓尽流干"。九齿钯比金箍棒好用的地方在于，它打完人能留下明显的证据，也就是九个孔，这样一看就是八戒打的。武器上孙悟空吃了点亏。

《西游记》中的"功果"有两个意思，一是佛家的"功德"，二是以前为善为恶，致今日遭到好坏结果的报应。如第二十三回说："这个都是各人的功果，你莫攀他。"但孙悟空与八戒的暗地争功却越来越明显。尤其是到了后期，孙悟空常常不杀妖怪，而是提着妖怪去见国王和唐僧，为的也是邀功。

第四十一回八戒就意识到了这个问题："八戒暗想道：'不好啊，行者溜撒，一时间丢个破绽，哄那妖魔钻进来，一铁棒打倒，就没了我的功劳。'你看他抖擞精神，举起九齿钯，在空里，望妖精劈头就筑。"第六十七回："行者一条棒不离那怪的头上。八戒笑道：'沙僧，你在这里护持，让老猪去帮打帮打，莫教那猴子独干这功，领头一钟酒。'"

孙悟空后来意识到了这个问题，所以开始让八戒先去打妖怪，八戒打不过，他才前去营救，这样功劳才真正算他的，还能博得一个救兄弟的好名声。

两人争功争到什么搞笑的程度呢?

第六十七回稀柿衕,烂的柿子把七绝山变成了一条淤泥河。一刮西风烂柿子的怪味飘进庄来,奇臭无比。根本无法通过,凡人无法开路。孙悟空出了个主意,让李老汉命人准备一些米饭、馒头,给八戒吃饱,叫八戒变成一头大猪,拱开这些烂柿子。八戒嫌脏不想干,道:"哥哥,你们都要图个干净,怎么独教老猪出臭?"三藏道:"悟能,你果有本事拱开衕衕,领我过山,注你这场头功。"八戒于是满心欢喜,脱了皂直裰,丢了九齿钯,对众道:"休笑话,看老猪干这场臭功。"

孙悟空的友谊

　　在大闹天宫时期，孙悟空虽然惹了很多祸事，但实际上，他也交了很多朋友。更有意味的是，待他长大以后踏上取经之路，反而没有交什么新朋友。只在"长寿山大仙留故友　五庄观行者窃人参"一段故事中，和镇元大仙拜了把子，还差点因为弄坏人参果树被镇元大仙整死。

　　《西游记》第三回曾讲到，孙悟空在花果山遍访英豪之时，和牛魔王、蛟魔王、鹏魔王、狮驼王、猕猴王、禺狨王七人结拜为兄弟。后孙悟空大闹天宫，自称齐天大圣，其他六大魔王也都各称大圣。牛魔王（平天大圣）、蛟魔王（覆海大圣）、鹏魔王（混天大圣）、狮驼王（移山大圣）、猕猴王（通风大圣）、禺狨王（驱神大圣）。七弟兄经常在一起"讲文论武，走斝传觞，弦歌吹舞，朝去暮回，无般儿不乐。把那万里之遥，只当庭闱之路……"说明他们每天见面喝酒，还是异地当天来回。有一天四健将安排筵席，请六王赴饮。所有怪都喝多了，孙悟空也是，仍然不忘记论功行赏，犒赏大小头目。然后，他突然睡着在松阴之下，去了幽冥界，也就是死了。孙悟空这一生，342岁，当了猴王，出去跟菩提祖师学过本领，再回来打败了魔王，下海得到了装备。最后在花果山有吃有喝有朋友，仗义每天从很远的地方赶来赶去喝酒，死在了和众兄弟们的筵席尾声，可算善终。与朋友们主要活动是同庆胜利。比如大闹天宫时期，"俱来贺喜"，"又来拜贺"。如果孙悟空没有解锁后面的人生旅程，他们就是一辈子的好兄弟。

取经时期，一别六十回，牛魔王一千多岁，过上了正常的生活，娶妻成家生子纳妾发财。他也从没有要吃唐僧肉。牛魔王和孙悟空人生目标有了极大差异，这是冲突的关键。重逢时最大的对照是，牛魔王阔了，他的朋友也很有钱，万圣龙王是个大盗贼，孙悟空几乎灭了龙王全家，原因是"全国三辈和尚已经打死了两辈"。这才是"结怨深似海，怀恨越生嗔"。都很像我们世俗人生会遇到的问题，孙悟空和老朋友分道扬镳。

这一对童年好友，后来过上了完全不一样的人生，信仰不一样，一切都不一样。他们多多少少没有忘记曾经的友谊，且都流露出努力维护友谊的"放过"举措。孙悟空不是害牛魔王家破人亡，他害万圣龙王家破人亡更为直接，牛魔王家，则是天各一方各自修行。历经曲折，孙悟空走上正道，老朋友牛魔王还没有，牛魔王的朋友还破坏了正道，和现在的师父有大仇。这样的复杂情境，颇具江湖气，却也十分动人，折射了我们世俗人生可能会遇到的人事变迁。

故而，小说《西游记》对牛魔王基本还是符合禅宗白牛"心牛"的意图，"牵牛归佛"，回归正道。因为这一段故事出现了至少三次"走错路了"。西游戏曲比小说还要更通俗，牛魔王家庭有自己专门的搬演。比方清代的《婴儿幻》、《火云洞》、《火焰山》、《怀春》等等，《昇平宝筏》则用了17出演述该故事。这一段友谊，也成为了西游故事最重要的桥段之一。

孙悟空的另一个朋友二郎神，在《西游记》原著中似也有很多线索不全。其实二郎神的来源很早，据《三教源流搜神大全》卷三称，在唐太宗以前，当地民众已为赵昱立庙于灌江口，俗曰灌口二郎。在《西游记》中，二郎神是玉皇大帝的亲外甥，在《封神榜》中，二郎神是玉鼎真人门下的高徒，都算是文学艺术的改编演绎。我们印象中，孙悟空与二郎神交手，实力相当，实际上在更早的元杂剧《二郎神锁齐天大圣》中，孙悟空绝对不是二郎神的对手。

《西游记》第六回，太上老君掷金刚琢借助二郎神成功捉拿孙悟空。二郎真君请去帮忙的四太尉说:"且押这厮去上界见玉帝,请旨发落去也。"真君却道:"贤弟,汝等未受天箓,不得面见玉帝。"可见"受天箓"是入籍,"得天禄"才是入席。到了《西游记》第二十回,孙悟空自己说起:"凭本事,挣了一个齐天大圣。只因不受天禄,大反天宫,惹了一场灾愆。"可见不拿薪水直接成了孙悟空大闹天宫的原因。这一场镇压,二郎神参与不少。

《西游记》中"斧劈桃山曾救母"的因缘。我们更为熟悉的沉香"劈山救母"故事,几乎是杨二郎救母的翻版,二郎神劈的是桃山,沉香劈的是华山。《西游记》大闹天宫时期,就说到过杨二郎因为母亲的死,恨死他舅舅,坚决不在天庭居住,对玉帝"听调不听宣"。二郎神与孙悟空对战,是闹天宫时期的华彩乐章。时至如今,孙悟空和二郎神的战力对比依然是坊间热议话题。杨二郎的身世从孙悟空口中说出来,多少带有"污名"的特质,仙凡结合总归不是一件体面的事。而同样是身世问题,孙悟空到了取经之路上作战前,也要一遍又一遍自曝其短,说到自己偷盗、闹天宫……这似乎是"西游故事"人物的宿命。

在"沉香救母"的民间传说中,二郎神干涉妹妹的婚姻,使人母子分离,扮演了一个近乎冷酷无情的角色,令人很疑惑,他明明是过来人,为何会从一个受害者变成加害者,他明明是一个著名的孝子，摇身一变又竭力阻止孝道。更为神秘的是，"救母"和"恋母"之间的区隔同样是模糊不清的。对照"目连救母"的故事来看，目连"救母"的潜在叙事目标是指向劝善，因为目连深知母亲罪孽，对母亲在地府饥饿受苦的面貌虽然感到十分不忍，但到底是无能为力的。母亲在目连这里并不是一个完美的女神形象。"寻母"故事，最动人不是劈山的瞬间，而是牵挂。无论是身上掉下来，还是具体到肠子里爬出来，我们念念不忘的，是与母体的情感联结，是我们探寻自身与世界之间的关系时阻力最小的路。"牵挂"背后，还有一层深意是对于"被弃"的否认。我们找母亲确认自己没有被抛弃这件事，似乎要比找父亲要更有安全感一些。而失去母亲的庇护，才能走入真正的历练。

电影《悟空传》中，曾出现了孙悟空和二郎神两位英雄携手作战的场面。在《西游记》里孙悟空与二郎神的关系确实很微妙，从一开始不打不相识、心里也计较，到后来念念不忘、必有回响，一直到《西游记》的第六十二回，梅山六兄弟叫"孙悟空哥哥，大哥有请"，二郎已"携手相搀……足感故旧之情"。这一切是怎么发生的？似乎缺乏许多线索。

如今"封神IP"大热，我们亦能通过《封神演义》和《西游记》的对读，读到许多有趣的互文。

西游女子图鉴

　　以往我们讨论到百回本《西游记》中的女性议题，大多聚焦于"食色"。但妖怪变身女体诱惑取经人，妖怪本来是不是女性却很难说，孙悟空也曾变身成女性。作为幻象的女体（女妖）是否应该被当做真正的女性主体来讨论，似乎还有待商榷。但不管怎样，"西游故事"中仍有许多女性形象值得关注和讨论。

一、镜像七情魅影：七衣仙女

　　百回本《西游记》中最早出现的女性形象，是第五回《乱蟠桃大圣偷丹　反天宫诸神捉怪》中的七衣仙女。这一回目中，王母娘娘设宴，要做蟠桃盛会，于是红衣仙女、青衣仙女、素衣仙女、皂衣仙女、紫衣仙女、黄衣仙女、绿衣仙女各顶花篮，去找管理蟠桃园的孙悟空开园摘桃。孙悟空问王母娘娘都请了谁，听说自己没有受邀，对七仙娥使出了"定身法"，令其"眵眵睁睁白着眼，都站在桃树之下"。

在中国仙道传统中，"仙"由人变化而成，与人类关系暧昧。七仙女中最有名的莫过于"紫衣仙女"。七仙女与董永的故事，令"仙女尘夫"成为了中国民间故事中传播最广泛的男性凝视范本，大家都喜欢偷看仙女沐浴，又为她们对人间的离恨别忧而感伤。

央视版的电视剧《西游记》中，为七衣仙女增添了尘世妇人的龃龉。

黄衣仙女小声嘀咕："什么齐天大圣，原来是个毛猴啊！'某仙女道：'小小的弼马温，还想赴什么蟠桃胜会！"

待百回本《西游记》中再次同时出现七位美女，要到第七十二回"盘丝洞七情迷本　濯垢泉八戒忘形"，七个蜘蛛精"似嫦娥临下界，仙子落凡尘"，但她们不是仙女，是出身道门的妖精。李天飞明确指出："《西游记》里的七个蜘蛛精洗澡，明显是借用了董永偷窥七仙女洗澡的情节。"衣服被抢夺的桥段也被还原得很生动。《西游记》中写到蜘蛛精所占"濯垢泉"，正是从七仙姑那里抢来的。可见衣服与"七仙女"的关系还挺密切的。在余国藩所译《西游记》中，"红衣仙女"被翻译成"Red Gown"，而不是"fairy"，很有意思。有趣的是，纵观七十二回到七十三回，作者就是没有写七个蜘蛛精衣服的颜色,特意模糊处理。

二、宴会召集人:王母娘娘

七衣仙女愣足一周天解脱醒来,回王母娘娘处告状。王母又去找玉帝告状。丹酒、蟠桃炼自太上,出自瑶池,王母娘娘负责举办这个蟠桃会,庆贺的是"长生不老"的象征。在中国神话里,神和仙不同,重要的区别在于死与不死(如盘古会死,女娲会死)。

童年孙悟空走出花果山,为的就是长生不老。被须菩提赶走时,自以为在人间已经学到了"一个无生无灭之体"(第三回),一直到三百四十二岁寿终正寝,他都不知道自己其实并没有学到。去地府勾销生死簿只是求不能死,直到管理蟠桃园偷吃了桃子,又偷吃了金丹,孙悟空以服食求得长生的过程已经完成。但他因偷窃而得道,是小人的行径。反天宫之前,孙悟空乱蟠桃,乱的是秩序,"无禄人员"不受邀参会,不能吃和有禄人员一样等级的食物,这是食物的阶级划分,孙悟空把这一切打乱了。

王母娘娘在筹办蟠桃胜会失败后,在小说第七回又召集了"安天大会",安排仙女跳舞,并拿出了私藏的礼物。"安天大会"由玉帝设宴、如来命名,"安"即定也,从此定而不乱。王母娘娘"引一班仙子仙娥、美姬毛女，飘飘荡荡，舞向佛前"。王母娘娘说："前被妖猴搅乱蟠桃一会，今蒙如来大法，炼锁顽猴，喜庆安天大会，无物可谢，今是我净手摘大株蟠桃数颗奉献。"

《西游记》中对安天大会的描写花了不少篇幅，到场的神仙都带来了礼物，以表"奉谢"，慰劳佛祖镇压义举。天庭的"有"与悟空的"饿"在此构成一对映照。踏上取经之路以后，孙悟空倒是不太表现出贪婪的食欲。唯有唐僧和猪八戒经常饥饿，一饿就要化斋，化斋就会惹来妖怪。可见食欲连接着"齐天"之欲，也是心魔的写照。王母则是筹措终极人间欲望（长生）奉谢品的召集人，登记养生食物赠礼名录。

三、拔擢、救援教母：南海观音

中国的"观音"信仰非常复杂，形象多有变动，就《大唐西域记》《慈恩传》上的记载来看，观音应属男身。而在百回本《西游记》中，观音菩萨则是女身，更多承担着拔擢教化、指点迷津的功用。从第六回举荐二郎神捉拿孙悟空开始，观音就奉旨组建取经团队，不疾不徐安排取经人上路，又不时现身救援西行之难，好像一切都胸有成竹。第十四回《心猿归正　六贼无踪》中，观音化身老母，指点迷津,可见百回本中,观音形象的投射是"慈母"。但又与《西游记》中其他母亲形象不同。传统母亲形象如殷温娇("光蕊即将一贯钱买了,欲待烹与母亲吃",第九回)、金角银角大王请干妈九尾狐狸吃唐僧肉、刘伯钦听母亲之命招待唐僧("他却有些孝顺之心",第十三回)都带有孝顺的意思。

又如与王母娘娘("Lady Queen Mother")仅作为宴会筹办人的角色不同,南海观音虽然也负责"张罗"取经大事的明里暗里,她的拔擢眼光、监督责任心和救援实力不容小觑。这不是一直都存在于"西游故事"脉络中的观音形象设计,《取经诗话》中为取经人解难的就不是观音,而是大梵天王。百回本《西游记》中的观音不仅释厄救难,还有"起死回生"的医者能力,甘露水似有令生命重生之功效,但佛家不种植长生之物。

"西游故事"中的观音具有浓重的"教母"色彩,可以说是中国古代"女仙指路"叙事的承衍。

四、超越母仪:女国国王

除了神仙佛祖,《西游记》中所刻画凡人女性中最令人难以忘怀的是女国国王。在杨洁导演的电视剧《西游记》中,唐僧与女儿国国王道别,说了"来世若有缘份"的话,影响可谓深远。以至于如今，唐僧是否对女王动情的问题，一直是坊间关于《西游记》故事讨论的热门话题之一。好像谈到《西游记》，女儿国、白骨精、盘丝洞都是和唐僧有关的最为著名的桥段。

"女儿国"的故事在宋人的《大唐三藏取经诗话》（文殊与普贤菩萨幻化为女王与女众，目的在于试禅心）和元人杨景贤的《西游记杂剧》（目的为逼配）中就出现了。《西游记杂剧》中"女王逼配"一出写得颇为香艳，原因是除了唐僧和孙悟空差一点就范，猪八戒和沙和尚已然颠鸾倒凤破了戒。1968年香港邵氏出品的国语电影《女儿国》的改编比较靠近杂剧的主题，甚至添加了搞笑的桥段，譬如女王和公主都爱上了唐僧。公主因为在宴席上错将猪八戒误认为唐僧，对母亲撒气说"要嫁你自己嫁好了"，然后女王顿时转换了思路，"对啊，驸马不做，做皇夫。这也是唐僧的福气"。电影中，女王的个性延续了杂剧中那种凶狠毒辣、性饥渴（"平生不识男儿像，见一幅画来的也情动"）的人设。"如今女娘都爱唐三藏"，还让邵氏电影《女儿国》中的国王陷入了窘境，因为她的女儿和心腹（相国）都成了情敌。世本《西游记》则是分离了《取经诗话》"试禅心"的主题到二十三回，并把杂剧中的"逼配"修正为"招赘"，使之更有人情味。

《西游记》第五十三回唐僧误饮子母河水，腹痛有胎，堪称人间奇事。西梁女国第一个亮相的女子是摆渡人梢婆，孙悟空心下疑惑，问为什么是女人撑船。女人做男人的工作，男人却有了怀胎的能力，此为一个倒错的文本布置，异境的怪趣可谓栩栩如生。男人怀孕了要怎么生呢？从世本《西游记》本事来看，行者听说唐僧怀孕，"笑曰：'古人云：瓜熟自落。若到那个时节，一定从胁下裂个窟窿钻出来也。'""胁"，是从腋下到肋骨尽处的部分。"胁下生子"的典故很多，多和鬼方之地传说、妖异现象联结。在《续夷坚志》卷三有记载，"李链师湛然，戊申秋入关，亲见一妇娩身临月，忽右腋发一大疮，疮破，胎胞从疮口出，母子皆安"。《太平广记》之《马氏妇》中也有"儿从胁下出"的情节。后清《明会要》卷十七《人异》也曾记载所谓"胁下产肉块，一儿宛然"。笑归笑，孙悟空还是去找了如意真仙取落胎水，颇费一番周折。

第五十四回，唐僧师徒化了胎来至西梁女国，一国无男。"女国"的来源也不少。如《山海经·海外西经》有记载："女子国在巫咸北。"《三国志·魏志·东夷传》："有一国亦在海中，纯女无男。"《神异记》中也有"东女国"。《梁四公记》中有"六女国"，"女子浴之而有孕，其女举国无夫"。又见《梁书·东夷传》扶桑国条："扶桑东有女国，容貌端正，色甚洁白，身体有毛，发长委地。"等等。世本《西游记》中的女国"虽是妇女之邦,那銮舆不亚中华之盛……笙歌音美,弦管声谐。一片欢情冲碧汉,无边喜气出灵台。三檐罗盖摇天宇,五色旌旗映御阶",强调的还不是奇异,而是礼仪。不是女人的容貌,而是国力的气象。

虽说并没有"来世若有缘分"这样带着遗憾的诀别,《取经诗话》中"经过女人国"一段写得还是十分温情和礼貌的。女王并不算勾引唐僧,她主要是靠劝说,"人过一生,不过两世。便只住此中,为我作个国王"。后来世本中强调"女帝真情,圣僧假意",真情在哪里呢?一方面是以身相许,一方面是让出王位,唐僧都没有兴趣。女王于是"遂取夜明珠五颗、白马一匹,赠与和尚前去使用"。很遗憾,但还是送了礼物。唐僧也合掌称谢,有礼有节。

世本《西游记》除了直白地表明了"假亲脱网"的曲折,实际上也略微破坏了这种互相尊重的美感。为了倒换关文,唐僧不仅对女国国王撒谎,徒弟们一行还在礼仪之邦通吃了一顿盛宴,临走还带走了三升白米,又吃又拿还戏弄别人。当读者还来不及看到什么留恋,唐僧就被蝎子精抓走了。两劫过后,唐僧以死命留得一个不坏之身,还感蒙行者等打死蝎子精,并没有怪责孙悟空杀生及在女国所行使的机变心。这一段,唐僧对于西凉女国的女王的态度,和四圣试禅心时期是差不多的。

他本是一世无双

我们80后一代,对"哪吒"这个人物的认识,受到上海美术电影制片厂动画电影《哪吒闹海》的影响很大。这一场"童年记忆",可能是我们的儿时回忆中最为惊心动魄和肝肠寸断的观影体验之一。这部电影的命运也很奇特,在网上评分奇高。现在来看,它的动人之处究竟是于亲情之处的虐心,还是于权威之下粉身碎骨的壮烈见仁见智,至少,它无意间裹挟了许多时下人们所感兴趣的话题,包括儿童暴力、情感创伤、弑父情结等等,它的感染力与生命力可谓历经了时间考验,可供反复品味。

林庚先生在1988年写作的《〈西游记〉漫话》一书中比较直接地说到了孙悟空与童年、"童心"之间的关系,这在当时的研究环境之下是很了不起的事。在《西游记》中,还有一个儿童英雄同样是经典的文学人物,那就是哪吒。对哪吒形象来源的研究颇为丰富,在此就不再赘述。一个普遍被接受的来历取自《封神演义》。大致说哪吒为陈塘关总兵李靖的第三个儿子,商朝末期时生人。母亲怀孕三年，生下一个肉球。李靖以为不祥，就用剑劈开，里面正是哪吒。后来太乙真人收他为徒。一次哪吒三太子在东海玩水，和东海龙王的三太子敖丙起冲突，并将其打死。龙王到陈塘关兴师问罪，为了不连累父母，哪吒三太子割肉还母、剔骨还父，当场自戕。而后，哪吒被其父李靖阻挠，复活不成，太乙真人用莲花莲藕给哪吒造了一个新的肉体。

电影《哪吒之魔童降世》对《封神演义》的许多细节做了替换和修订。如果我们回到《封神演义》原著，则会看到不太一样的风貌。《封神演义》的缘起是纣王诗亵女娲，代价是断送成汤六百年。七年本来就是一个宿命的诅咒，哪吒知道自己七岁了，逃不掉这个安排，他在等待，具体会发生什么心里也不一定清楚，所以一直叫父亲"放心"，这个不管你我的事，连累不到你。后来，哪吒出去玩耍，天气热下水洗澡，搅乱了龙宫。一夜叉浮上来骂了他一顿，竟被他打死了。再上来的就是敖丙，也要刺他。哪吒用混天绫裹龙上岸，一看是条龙，心里想龙筋最贵气，所以抽了筋，想回去送给爸爸当束甲。结果李靖一点没感到儿子是为了孝敬他，反而吓死了，当时，哪吒说的居然是"父亲放心"，龙王要这个龙筋的话还给他就是了。李靖怕事，也不好好教育，也不正面处理。降敖光之后，李靖又怪哪吒，哪吒再次说，"老爷，母亲，只管放心……"哪吒可能是除了《红楼梦》中贾宝玉之外最爱说"你放心"的小说人物了。哪吒练习射箭，不巧射死了石矶娘娘的门人，哪吒本人也不知情，石矶娘娘找李靖问罪，太乙真人介入调停，最后真人说："哪吒，你快去！四海龙君奏准玉帝，来拿你的父母了。"哪吒听得此言，满眼垂泪，恳求真人："望师父慈悲弟子一双父母，子作灾殃，遗累父母，其心何安。"道罢，放声大哭。然后才有剜肠剔骨，成全孝名。哪吒死后，托梦给母亲造一座哪吒行宫，可是李靖怕自己的官位不保，一鞭把哪吒金身打碎，还骂老婆"你生的这个好儿子，还遗害我不少，你要把我这条玉带送了才罢……白白的断送我数载之功"！就这样一个问题父亲，对孩子的爱毫不领情，在电影里被改成了一个慈父，愿意替儿子受罪，其实原本是儿子想保护他。

《封神演义》有许多西游故事的影子。值得注意的是，抽龙筋这个动作在《大唐三藏取经诗话》中就有，"猴行者骑定馗龙，要抽背脊筋一条，与我法师结条子……猴行者拘得背筋，结条子与法师系腰。法师才系，行步如飞"。而《西游记》中，也在隐微处试炼过"孝"的真谛。

无论是爱说"你放心"的孝子哪吒，还是满口"顺父母言情"的孙悟空，他们都带有恶魔性，却又心怀恻隐心。他们对长辈的爱，带有非常复杂的滋味,有徒劳,有忍耐,也有自我说服,而不是单一的温馨、懂得、慈悲。他们的故事多少有让人心疼的那一面,这或许就是通俗文学的力量所在。

《西游记》让两个儿童英雄形象交手,也对这段历史做了简要的交代。林庚先生提到一点,我觉得很有意思,他说:"童话是极富于乐观精神的。童话中的英雄从来是胜利者,在我们所熟知的英雄取宝一类的故事中,主人公不论经历多少危难与考验,最终总是如愿以偿,功成圆满的⋯⋯因为童年并不知道什么真正的悲哀⋯⋯真正的童话从来都与悲观主义无缘⋯⋯"[1]可我们知道,即使童年孙悟空的确如此,至少童年哪吒完全不是这样。作为一个失败的儿童英雄,哪吒最终"剖腹剜肠,割肉还母,剔骨还父",悲壮收场,就算他是为了抵达超越凡尘的终点才舍弃肉身,"不用肮脏骨"(《封神演义》第十四回),也很难说是一个"胜利者"。而我们记得他,可能正是因为他的"失败"之举——自戕,令他的故事显得十分特别、万分锥心。

胡传吉有一本书叫《中国小说的情与罪》,曾将三藏与哪吒的"脱胎换骨"放在一起讨论,但很奇怪的是,我们对于成年的唐三藏告别肉身似乎就没有那么大的同情。这个题目很有趣,即使着眼于"成人",但在童年哪吒身上似乎同样实现着"情"与"罪"的意义。犯了罪、欠了债、还了情,是人从

①
林庚:《〈西游记〉漫话》,北京:北京出版社,2013年,页136—137。

出生到死亡之间反反复复上演的命运。童年未必不知道什么是真正的悲哀，只是面对悲哀，孩童只有微弱的能量来消化。作为家庭的一员，从出生伊始，他们就不可能置身事外。

由此来看，《西游记》实现了世情意义上的"神话"。《西游记》的取经成员中，只有猪八戒有家庭，但猪八戒没有童年。唐僧有身世，但这部分是到了康熙时才补入世德堂本中的，他也不算有俗常的家庭伦理牵绊。陈光蕊早就死了，孙悟空无性，猪八戒获罪投凡胎，出生后便咬死生母，孙悟空在宝象国残忍地摔死了百花羞公主的两个孩子……如果仔细观察会发现，基于家庭的视角，这些描述实在有些荒唐和残酷，这种暴力还蔓延至对于儿童生命的对待上。和取经人不同的是，哪吒有父亲，且父亲的存在对他而言是一种巨大的伦理折磨，这使得哪吒的故事结局更具有感染力。

"儿童文学"这个词很新，知识化的过程也不算发展成熟。譬如我们虽然能说出一两本可能适合儿童阅读的书，这样的书也未必从一开始就是写给儿童看的，我们很难说清一部打着"儿童文学"名义的作品到底是给几岁的儿童看的，也很难说清观看《哪吒闹海》对儿童而言究竟是不是好的。更确切地说，我们依赖佛教和道教中的资源，为我们提供着古代儿童生活的图像、神话。除此以外，我们只能从社会学的研究中，关切到历史上的儿童福利、儿童劳动、儿童伤害，并以此作为观察儿童生活和情感的一个侧面。但那些儿童并非没有自己的情感。

爹爹，我还给你，我不连累你。

余音绕梁……还记得那头奔跑的小鹿吗？星辰陨落，那么悲伤。

下编　虚无与情难

《庄子》有云："观于浊水,而迷于清渊。"

饿眼与贪看

作为一部描写和尚取经的小说,《西游记》对于情欲的表现无疑是丰富的。著名汉学家浦安迪注意到,从结构上来看,《西游记》中各色的色欲问题似乎都被安排在每十回的第三、四回前后,如第二十三回,第五十三至五十五回,第七十二至七十三回,第八十二至八十三回,第九十三至九十五回。[1]三藏和八戒承担了主要的情欲检验。方式是情色意象不断向唐僧进袭,而八戒从未对此产生过戒心。

踏上西行之路的取经人中,唯有猪八戒是大大方方展示其好色性格的。第二十三回四圣试禅心,只有猪八戒被菩萨扮演的真真、爱爱、怜怜缠住,大言不惭说出:"大家都有此心,独拿老猪出丑。常言道:'和尚是色中饿鬼。'那个不要如此?都这们扭扭捏捏的拿班儿。"因被美色迷惑,他甚至还说,最好三人都要,连丈母娘也要,"我幼年间,也曾学得个熬战之法,管情一个个伏侍得他欢喜"。色胆包天,乱了大伦。第七十二回盘丝洞与沐浴的女妖一

①
〔美〕浦安迪:《明代小说四大奇书》,北京:三联书店,2015年,页187。

起洗澡,猪八戒变作鲶鱼精穿梭,行文也极其香艳。不仅如此,评点本也对《西游记》中的许多段落加以暗讽,挑明这一回目与情欲的关系。如李卓吾在八十三回的总批中写道:"半截观音,不知是上半截,不知是下半截。请问世人还是上半截好,还是下半截好?"张书绅在第二十九回中评曰:"和尚走后门,其意绝妙。"

其他幽微处包括比丘国过往沉迷狐狸精的美色,封她为美后,"不分昼夜,贪欢不已"。三年后弄得"精神瘦倦,身体尪羸,饮食少进,命在须臾"。又如第九十五回欲采唐僧元阳的玉兔精所居的"毛颖山"及她的武器"短棍"等,隐者见隐,淫者见淫。

大木康曾撰文《明末"恶僧小说"初探》[1],谈到佛寺集团犯罪(如《醒世恒言》卷二十一《张淑儿巧智脱杨生》,或卷三十九《汪大尹火焚宝莲寺》,又如卷十五《赫大卿遗恨鸳鸯绦》写女尼淫乱)的原因之一,是在白话小说刚刚成立、开始流行的嘉靖年间,宫廷中有排佛的风气(嘉靖帝崇祀道教),可能这风气影响到民间。《西游记》中至少出现过三次道士乱国的情形。例如,狮猁王到乌鸡国,化为道士全真,由于能呼风唤雨、点石成金,乌鸡国国王与他结拜兄弟,两年后他将国王推下了井。车迟国来了三个号称虎力、鹿力、羊力的道人,擅能呼风唤雨,帮助车迟国解脱旱魃。车迟国

①〔日〕大木康:《明末"恶僧小说"初探》,《中正汉学研究》20期(2012年12月),页183—212。张凯特认为尚未尽括晚明小说中恶僧故事,如公案小说《新民公案》、《法林灼见》、《神明公案》尚未受到注目,通俗类书中的笑话亦未讨论。见张凯特《论明代公案小说集恶僧故事的承衍与改写》,《汉学研究集刊》第二十六期,2018年6月,页35。

国王在全国独尊道教，驱令众佛徒服道家苦役。比丘国国王昏庸无道，白鹿精扮做道人模样，将狐狸精送给了他。他更听信白鹿精的谗言，居然要用一千一百一十一个小儿的心肝做药引。佛道之争，过了镇元大仙的人参果树，就再未安宁过，几乎贯穿了取经之路始终。

情欲又因之与感官的关联，表现为一种饥饿的状况。"食色性也"，表现在取经路上只有八戒与唐僧会饥饿，要求停下脚步去化斋，每逢化斋，又必遇到险难。行者灭六贼，六贼里就包括"眼看喜"。只是，八戒的"饿眼"热，唐僧的"饿眼"冷。

第七十二回唐僧主动要求去化斋，窗前忽见四佳人，都在那里刺凤描鸾做针线（伏蜘蛛精），居然"少停有半个时辰，一发静悄悄，鸡犬无声"。古时半个时辰，也就是如今的一个小时。"又走了几步，只见那茅屋里面有一座木香亭子，亭子下又有三个女子在那里踢气球哩。……三藏看得时辰久了，只得走上桥头，应声高叫道：'女菩萨，贫僧这里随缘布施些儿斋吃。'"被俘之后，悬梁高吊。"那长老虽然苦恼，却还留心看着那些女子。那些女子把他吊得停当，便去脱剥衣服。长老心惊，暗自忖道：'这一脱了衣服，是要打我的情了。或者夹生儿吃我的情也有哩。'"

第八十一回镇海寺，取经人一行救了一个女

妖，一同带去寺中休息。本来是十分不成体统的情形，但那里的喇嘛"一则是问唐僧取经来历，二则是贪看那女子"。女妖三日连吃了六个僧人，唐僧还劝孙悟空得饶人处且饶人。那一回，着凉的唐僧病得都想要写信给唐王不去取经了，却"欠身起来叫道：'悟空，这两日病体沉疴，不曾问得你，那个脱命的女菩萨，可曾有人送些饭与他吃？'"令人很难分辨他到底是纯粹的爱心还是情感上的牵挂。

如张书绅所言，"问：人如何便被妖精吃了？曰：譬如好酒的被酒吃死，贪色的被色缠死，这便是吃了"。是为欲望的反噬。

"情色"之难到了《后西游记》中表现得更为露骨。战书与情书，玉火钳与金箍铁棒，情丝"寸寸俱断"，斗战场面活色生香。第三十三回回目，写得甚至令人惋惜行者无情：

冷雪方能浇欲火，情丝系不住心猿。

眼泪与圣徒

要说"无情"僧,却也不尽然。在《西游记》中,唐僧和孙悟空都非常爱哭。八戒与沙僧也哭。唐僧胆小,被俘总是哭。思乡也哭。遇到同病相怜的人牵动凡心,更是忘记了自己已是出家人,不该牵动在家心。师父有难,徒弟们哭泣自不必说。孙悟空的眼泪,还因为受了委屈、被唐僧冤枉。

王国维在评析《红楼梦》时曾经采用叔本华的观点,将悲剧分为三类,第一类是由于奸人之作祟;第二类由于厄运之使然;第三类则既无奸人陷害,亦无厄运降临,而是在通常的境遇、通常的人物、通常的关系中,交互错综,造成悲惨的情事。

孙悟空有三次哭得十分凄惨,一次是遇尸魔被唐僧赶走,"噙泪叩头辞长老"、"止不住腮边泪坠"(第二十七回)。第二次也是被唐僧赶走,"止不住泪如泉涌,放声大哭"、"垂泪"、"噙泪"(第五十七回)。第三次是在狮驼山以为师父已经被妖怪吃了,"忽失声泪似泉涌"、"心如刀搅,泪似水流"、"放声大哭"、"两泪悲啼"、"泪如泉涌,悲声不绝"(第七十七回)。巧合的是,回目都是"七"。占了孙悟空在《西游记》中哭泣总数的一半(包括了假哭)。

第二十七回白骨精三戏唐僧一节,是八戒挑拨行者与唐僧关系最激烈的一节,后来直接导致了唐僧第一次将行者赶回花果山。八戒曾经提到孙悟空大闹天宫时期曾经"带累"他,孙悟空也的确很爱拿他取乐,包括拱他与人做女婿,或骗他哪里有食物,八戒屡屡信以为真。

一方面,唐僧贪看尸魔美貌,又对孙悟空棒打妖怪始终怀有宗教意识的排斥;另一方面,唐僧也因"看"到孙悟空机灵、八戒愚钝,而认为八戒更老实。八戒显然利用了这一点。他打不过孙悟空,就撺掇唐僧念紧箍咒。

因唐僧不信花容月貌的女子是妖怪,孙悟空说了很重的话。"行者道:'师父,我知道你了。你见他那等容貌,必然动了凡心。若果有此意,叫八戒伐几棵树来,沙僧寻些草来,我做木匠,就在这里搭个窝铺,你与他圆房成事,我们大家散了,却不是件事业?何必又跋涉,取甚经去!'"唐僧十分恼怒。当香米饭变成长蛆,面筋变成青蛙、癞蛤蟆,"长老才有三分儿信了。怎禁猪八戒气不忿,在旁漏八分儿唆嘴道:'师父,说起这个女子,他是此间农妇,因为送饭下田,路遇我等,却怎么栽他是个妖怪?哥哥的棍重，走将来试手打他一下，不期就打杀了；怕你念甚么紧箍儿咒，故意的使个障眼法儿，变做这等样东西，演幌你眼，使不念咒哩。'"

行者第二次打杀尸魔，唐僧不满，八戒进一步挑拨。"八戒道：'师父，他要和你分行李哩。跟着你做了这几年和尚，不成空着手回去？你把那包袱里的甚么旧褊衫，破帽子，分两件与他罢。'行者闻言，气得暴跳道：'我把你这个尖嘴的夯货！老孙一向秉教沙门，更无一毫嫉妒之意，贪恋之心，怎么要分甚么行李？'"行者被赶走前叮嘱沙僧："贤弟，你是个好人，却只要留心防着八戒谗言谄语，途中更要仔细。"值得注意的是，沙僧劝孙悟空归队，孙悟空表示希望他下次劝服唐僧不要念咒。往后一次唐僧说要念紧箍咒，沙僧果然上前苦劝。

孙悟空虽然社会关系复杂，也曾遭遇官僚倾轧。但人际冲突，的确是与八戒的关系最为突出。小说安排八戒去请回孙悟空，也点出这一次离散的确是因他而起，需要他亲自面对。猪八戒说，"那猴子与我有些不睦"。除了五百年前的恩怨，还有孙悟空的捉弄，或嫉妒孙悟空的本事。第三十四回他曾两次在妖怪面前卖孙悟空。

唐僧袒护八戒处也十分明显。第五十六回"神狂诛草寇"，孙悟空下手太重，唐僧替死去的草寇挖坟，还特地念了一段祷告，向冥府说明情况。"八戒笑道:'师父推了干净。他打时却也没有我们两个。'三藏真个又撮土祷告道:'好汉告状,只告行者,也不干八戒、沙僧之事。'大圣闻言,忍不住笑道:'师父,你老人家忒没情义。为你取经,我费了多少殷勤劳苦,如今打死这两个毛贼,你倒教他去告老孙。虽是我动手打,却也只是为你。你不往西天取经,我不与你做徒弟,怎么会来这里,会打杀人!索性等我祝他一祝。'"

孙悟空斥唐僧"没情义",实际上是斥他不公,没有理性。马克思·舍勒在《资本主义的未来》一书中曾说:"人道片面地关注不幸,发呆似的凝视着社会域的不幸,想要消除不幸,却助长了不幸。"①唐僧似乎始终也没有办法在"杀生"和"除魔"之间找到一个理性的平衡。求善一方面表现为对恶的姑息,另一方面也没有降低残酷。实际上正如马克思·韦伯说的,中国儒家的理性,并不那么排斥巫宗教,不似近代西方清教的理性(《中国的宗教 宗教与世界》)。唐僧为草寇祷告,却无视孙悟空的功绩,吊诡得很。

其实唐僧心里的准则一直都蒙昧不明,为了骗取关文,甚至两度撒谎。第九十二回,除魔后师徒收到百姓感谢,八戒贪吃,想把每家每户都吃上一遍。"长老听言骂道:'馕糟的夯货,莫胡说,快早起来!再若强嘴,教悟空拿金箍棒打牙!'那呆子听

①
〔德〕马克思·舍勒:
《资本主义的未来》,
北京:三联书店,1997
年5月,页123。

见说打，慌了手脚道：'师父今番变了，常时疼我，爱我，念我蠢夯护我；哥要打时，他又劝解；今日怎么发狠转教打么？' 行者道：'师父怪你为嘴，误了路程。'"

行者第一次回花果山一段，《西游记》写得十分煽情。

乘龙福老，往来必定皱眉行；跨鹤仙童，反复果然忧虑过。近岸无村社，傍水少渔舟。浪卷千年雪，风生六月秋。野禽凭出没，沙鸟任沉浮。眼前无钓客，耳畔只闻鸥。海底游鱼乐，天边雁过愁。（第二十八回）

八戒不思进，三藏念故国，真正的殷勤劳苦人反倒先走回头路，只是因为坚持说真话。这一段，孙悟空忽然意识到乘龙福老、跨鹤仙童或许也曾受过这样的苦楚，才终于得以超脱。然而万般"皱眉忧虑"，重见师父前还不忘要洗洗干净身上的几日妖气。八戒在旁等他，如同看笑话一般。唐僧写贬书时曾说反悔就入阿鼻地狱，后文却不再提。可见有情与无情。

值得注意的是，《西游记》中取经人的眼泪呈现丰富。第三十九回，孙悟空与猪八戒讨论哭丧方法，猪八戒说："我且哭个样子你看看。"令人忍俊不禁。若说《西游记》中孙悟空最大的感情问题就是唐僧，那么沙僧最大的感情投射对象则是孙悟空。第三十一回，"那沙僧一闻'孙悟空'的三个字，好便似醍醐灌顶，甘露滋心。一面天生喜，满腔都是春"。第四十一回，见孙悟空"浑身上下冷如冰"，沙和尚"满眼垂泪"。结果孙悟空醒来，只叫了一声"师父啊！"沙僧道："哥啊，你生为师父，死也还在哩。"可见世间情，没有道理可言。

无情僧与粉骷髅

在中国文学中，"情"是个非常复杂的问题。李丰楙在《情与无情：道家出家制与谪凡叙述的情意识——兼论〈红楼梦〉的抒情观》一文中写道："宗教文学所关心的一个'终极关怀'主题，就是如何去除私情而至于无情。叙述人性的历练正是经由舍离人间世而得道成仙。另一种谪凡悟道类型，则将叙述重点置于人间的私、情，让主人翁经历人世常情的恩爱折磨，其情恋之深或磨炼之重特别异于常人。"[1]在文学作品中的道士常常表现得十分冷漠、心狠，又充满世俗的功利色彩。

在《西游记》中，女妖承担了大部分欲望的想象，猪八戒则从未对色欲有所自持，唐僧则对情色回避，孙悟空无性，沙僧则过于阴沉不明。小说对取经人与情欲的关系，描述是极其模糊不清的。第九十四回写到玉兔精抛绣球选驸马，孙悟空说了一段很奇怪的话："师父说，'先母也是抛打绣球，遇旧缘，成其夫妇'。似有慕古之意，老孙才引你去。"

① 李丰楙：《情与无情：道家出家制与谪凡叙述的情意识——兼论〈红楼梦〉的抒情观》，收于《欲掩弥彰：中国历史文化中的"私"与"情"——私情篇》，台北："中研院"汉学研究中心，2001年，页185。

情缘是慕古，绣球也是关情之物。唐僧一旦起了在家心，眼中的尸魔就"汗流粉面花含露"，蜘蛛精"一个个汗流粉腻透罗裳，兴懒情疏方叫海"。从医学的角度来讲，"体液"（Humors），乃构成圣徒基础的血、水、脂等基本元素，其实是具有情色挑逗意味的。绣球则直接指向婚配，是一种众目睽睽之下的承诺与信物。

台湾学者蔡铮云在《情欲的吊诡与反思：表达的解构与重建》一文中提到："情欲的问题早已被其价值的问题所蒙蔽或取代。因为我们所在乎的不是情欲的本身，而是情欲的效应。"[1]钱新祖在《中国思想史讲义》一书中也说道："文化的优良与否，是一种价值判断。不是说价值判断，有甚么不对，有甚么不好，在人为的世界里（包括自然科学在内），任何东西，都涉及价值判断，没有价值判断，就不可能有人为的世界。……也就是说，我们在一言一行，或者是不言不行之中，随时都选择肯定某些东西而同时又否定另外一些东西或事物。"[2]唐僧的"情意识"是要比我们惯常对于出家人的认识更为复杂及边界模糊的。这直接表现为他的忠君、恋家、同情与爱感慨。与此同时，他又对"元阳"怀有歇斯底里的执着。他的"守"与妖怪的"摄"形成了一种对峙。第一个要摄他元阳的就是蝎子精，唐僧说"我的真阳为至宝"。吃

①
蔡铮云：《情欲的吊诡与反思：表达的解构与重建》，收于《情、欲与文化》，台北："中研院"民族研究所，2003年，页67。

②
钱新祖：《中国思想史讲义》，上海：东方出版中心，2016年，页7—8。

了人参果，他已是不坏身，元阳究竟为何为至宝，他也没有说清楚。他只是做了判断。

第五十四回唐僧说："但恐女主招我进去，要行夫妇之礼，我怎肯丧元阳，败坏了佛家德行；走真精，堕落了本教人身。"第八十二回又说："我若把真阳丧了，我就身堕轮回，打在那阴山背后，永世不得翻身！"唐僧其实并没有直接说明"元阳"与本教的关系，他甚至几次纵容八戒对美女的痴汉行为。所以实际上他口中说的都是情欲的效应，甚至是主观的毒誓。作为一个高僧，他理应言明情与欲、无情与无欲之间的关系。对于女人，他一味采取回避态度。但他回避的不是情欲的本身，而是情欲的效应——元阳的丧失。

实际上在《西游记》中，就连"情"字都出现得很谨慎。只在人与妖、妖与妖之间才会提及。孙悟空做过一件很残酷的事，宝象国公主被黄袍怪掳去，与之做了十三年夫妻，还生了两个孩子。

行者道："你与他做了十三年夫妻，岂无情意？我若见了他，不与他儿戏，一棍便是一棍，一拳便是一拳，须要打倒他，才得你回朝见驾。"

那公主果然依行者之言，往僻静处躲避。也是他姻缘该尽，故遇着大圣来临。那猴王把公主藏了，他却摇身一变，就变做公主一般模样，回转洞中，专候那怪。

却说八戒、沙僧，把两个孩子，拿到宝象国中，往那白玉阶前掼下，可怜都掼做个肉饼相似，鲜血迸流，骨骸粉碎。慌得那满朝多官报道："不好了！不好了！天上掼下两个人来了！"八戒厉声高叫道："那孩子是黄袍妖精的儿子，被老猪与沙弟拿将来也！"（第三十一回）

我们后来知道，百花羞公主本是披香殿侍香的玉女，因与奎木狼姻缘之约思凡下界，托生成百花羞后失去前世记忆，最后出卖了奎木狼，还眼睁睁看着自己的骨肉被杀害。"肉饼"、"鲜血迸流"、"骨骸粉碎"，指涉的同样是一种"慕古"，只是这"关情"的骨血却为出家人所无情打杀。

在传统的思想文化中也早就有"圣人无情"之说，如宋代理学家程颢指出的"夫天地之常，以其心普万物而无心；圣人之常，以其情顺万事而无情。故君子之学，莫若廓然而大公，物来而顺应"。对无情僧人来说，美女是粉骷髅，是阻碍他们成为圣人的妖邪。

"你且来看看他的模样。"却是一堆粉骷髅在那里。（第二十七回）

八戒听说，发起个风来，把嘴乱扭，耳朵乱摇，闯至驾前，嚷道："我们和尚家和你这粉骷髅做甚么夫妻！放

我师父走路！"（第五十四回）

　　唐僧道："我的真阳为至宝，怎肯轻与你这粉骷髅……"（第五十五回）

　　可见八戒说得更直接，粉骷髅是路障，越过它才是大道。演变至今，粉骷髅甚至有了性别歧视的意味，专门用来比喻害人的女子。

情关、情种与情路

　　《西游记》中取经人都经历过"情关"的检验，四圣试禅心，绊住了八戒；西梁女国，唐僧好不容易挣脱了是非圈。孙悟空自石卵生，天生无性，降妖除魔中承担了大部分颇"无情"的角色任务。那孙悟空的"情"究竟是怎样的呢？

　　八戒的"路障"说很有意思，因为他说出了我们中国人对于"情"的描述，大都模糊不清，需要寄托于物象来表达。或者说，正因情难以描述、难以定义，所以才需要一个容器，框定"情"的边界。《红楼梦》中就有着大量"情"的容器。

　　所谓"情关"，"关"为关口、要塞之地，突出其险。《西游记》中，唐僧每见山就害怕，以为"山高必有怪，峻岭却生精"，高山就是关峡，关如情。第五十五回琵琶洞一节，张书绅批："不虑毒有山大，只怕情有海深。无如三藏无情，则亦无所施其毒也，是为无有失一转。"

　　而"情种"、"情根"恰如植物深入身体发肤。《长生殿》四十七出，写"单则为一点情根，种出那欢苗爱叶"。五十出终于一曲〔黄钟过曲·永团圆〕："神仙本是多情种。蓬山远,有情通。情根历劫无生死,看到底终相共……"《红楼梦》第一回："原来女娲氏炼石补天之时,于大荒山无稽崖炼成高经十二丈、方经二十四丈顽石三万六千五百零一块。娲皇氏只用了三万六千五百块,只单单剩了一块未用,便弃在此山青埂峰下。"脂砚斋批:"自谓落堕情根,故无补天之用。"第六十四回唐僧木仙庵对诗,诗心亦是心之旁骛,出家人不可轻为,然而唐僧不知其故,直至杏仙精都要与他成亲。张书绅批:"《西游》一书,有色相之魔、五行之魔、情欲之魔、水火之魔、风土之魔、禽兽之魔,又有人魔、鬼魔、神魔、仙魔,此木仙庵乃是一草木之魔也。"

"情路"则是"路境"的延展,十万八千里取经路作为"险难"结构的"魔境",表现为妖魔的附着处。[1]也就是说,人选择怎样的路境,妖魔就会附着在这漫长实践之途之上。并非这条现实的道路上自带妖魔,谁去都会遇到。相反,对别人而言那就是普通的道路,可一旦成为私人之路,便自有私人的磨难会在途中静候。第二十八回,唐僧路过黑松林,"原来那林子内都是些草深路小的去处。只因他情思紊乱,却走错了"。因乱情思而走错路,可见一斑。

另一方面,无论是"情关"、"情种"、"情路",在《西游记》险难设计中无疑都是虚幻的心魔。邪

①
高桂惠:《〈西游记〉续书的魔境——以〈续西游记〉为主的探讨》,收于李丰楙、刘苑如主编:《空间、地域与文化——中国文学空间的书写与阐释》,台北:"中研院"中国文哲研究所,2002年,页242。

魔作为一种心病,阻碍了启悟之路的前行。"情"、"欲"宛若山川、精怪、毒厄,是一种劫难,与其说是克服,不如说是度脱。

余国藩在《源流、版本、史诗与寓言——英译本〈西游记〉导论》一文中,曾援引铃木大拙的说法,"'空'的消极面,是指殊相的消失,个体的不存。其积极面则是指出世事的变幻无常:'变'的才是恒常律动,是因缘转变的生生不息"。[1]夏志清早就指出孙悟空对于《心经》诠释的高妙,第二十四回三藏问西天"几时方可到"时,悟空说:

①
余国藩:《余国藩西游记论集》,台北:联经出版社,2003年,页135。

> 你自小时走到老,老了再小,老小千番也还难;只要你见性志诚,念念回首处,即是灵山。

第九十八回"凌云渡",三藏心惊胆战道:"悟空,这桥不是人走的。我们别寻路径去来。"行者笑道:"正是路,正是路!……必须从此桥上走过,方可成佛。"
然而这条路走到头,孙悟空反而发现了路的分野。

> 行者道:"不必你送,老孙认得路。"大仙道:"你认得的是云路。圣僧还未登云路,当从本路而行。"……
> 原来这条路不出山门,就自观宇中堂穿出后门便是。

云路本路有别。念念回首处。

行者的"情关"

第九十九回有个十分有趣的设计，当西行之路完成，取经人东回，又到通天河。八戒大骂佛前金刚作弊，"行者频频的暗笑道：'驾不去，驾不去！'你看他怎么就说个驾不去？若肯使出神通，说破飞升之奥妙，师徒们就一千个河也过去了；只因心里明白，知道唐僧九九之数未完，还该有一难，故羁留于此"。

行者为什么会知道这件事？行者还知道哪些其他取经人不知道的事？

《西游记》八十一难由四十一个故事组成，每一个故事都以遭遇困难作为开启，以化险为夷作为结束。行者知道心魔即险难也不稀奇，他"心里明白"此行护法的意义在于历劫度厄。他要为五百年前天宫作恶赎罪，也要为三藏解救报恩，更要超越"长生"，悟空相，抵达更为超越的精神领域。

郑明娳在《西游记探源》一书中写道："就全书来看，火焰山是悟空转变的一大关键，在此之前，他残性未灭"，"火焰山的火也就代表悟空的心中之火，全书把它安排在'二心'之后，意味深长，故自此之后，悟空性行大为改善，不再逞凶使恶，对他心智成长的描绘，在《西游记》中最为成功"[1]。

火焰山的火要追溯到大闹天宫时期，孙悟空被关入天上老君的八卦炉中，他蹬倒老君炉后落下的余火。也就是说，火焰山一难实际上是行者早年亲手伏下的祸端，或许正是因为这层因果，此役才成为了他性格行事转变的契机。

这一回还勾连了红孩儿的三昧真火与子母河如意真仙，另有孙悟空童年与牛魔王结拜往事。扬剧中"火焰山"一节写有悟空调戏铁扇公主，导致她不肯借扇，虽为《西游记》大改，但张书绅评点本也直白调侃"叔嫂"矛盾，如："行者是因火而求情，公主却因情而动火；行者的是一片山火，公主的却是一块情火；行者的是一根铁棒，公主的是一柄蕉扇。叔叔要如意，嫂嫂亦要如意，但叔叔不肯令嫂嫂如意，所以嫂嫂亦不肯使叔叔如意也。"又评："一扇既能生火，一扇又能息火，可见火之生息有无，全在嫂之掌握。""火属心，放火即是放心。"

实际上孙悟空在面对第五十三回如意真仙、第五十四回西梁女国、第六十三回九头虫、第七十六回狮驼洞、第九十七回杀害寇员外的强盗时，的确都选择了放生。但他为什么会有这种转变，《西游记》并未详说。《西游记》中，唯有孙悟空有童年，

[1] 郑明娳：《西游记探源》，台北：里仁书局，2003年，页138—139。

也唯有孙悟空经历过这种精神蜕变，在心灵层面上真正成人。自第七回孙悟空第一次自称"老猿"开始，到第五十九回他不再弑杀如命，孙悟空的心路历程至此进入了一个新的境界。明人董说显然十分敏锐地注意到了这一回目的重要性，尤其是对于行者而言。这就有了后来的《西游补》。

改写、改编问题，一直是明清小说研究中十分重要的角度。一是朝代更迭，大量存有"遗民"与"新民"的问题，另一方面，书籍刊刻事业的重大发展也令文学传播发生了巨大的变化。四大奇书均有大量续书，有些质量很好，历经时间检验，成了经典名著。如《金瓶梅》，就是由《水浒传》中"武松杀嫂"一段节外生枝而蔚为大观，只是作为一部"补入"作品，《金瓶梅》显得有些庞大。有些则在自己的故事中不断展演着与原著故事的互文，如西周生的《醒世姻缘传》，就取用"西游"叙事的手法，拼贴、点取前文本中人物情节之大要加以倒转、谐拟。

明末清初的"西游"续书有《西游补》（十六回）、《后西游记》（四十回）、《续西游记》（一百回）等。《西游补》主要叙述孙悟空"三调芭蕉扇"后，被鲭鱼精所迷，渐入梦境，在虚幻的世界中，见到了古今之事，忽化美女，忽化阎王，变化莫测，最后在虚空主人的呼唤下才醒过来。全书仅十六回，董说写作《西游补》时还在明亡以前,年仅二十一岁。

《后西游记》共六卷四十回,不题作者之名,内容叙述花果山复生石猴,也如孙悟空一样获有神通,称名"小圣",辅佐大颠和尚(赐名"半偈"者),前往西天祈求真解,途中大颠和尚收猪一戒及沙弥二徒,遇诸魔,屡陷危难,终达灵山,得真解而返。(参见鲁迅《中国小说史略》)

而《续西游记》一百回,则主要写唐僧四众取经东归途中一段经历。大意唐僧徒众历八十一难到达灵山雷音寺,佛祖如来担心四人难以保护真经回去,询以本何心而取真经。唐、孙、猪、沙分别答以志诚、机变、老实、恭敬四心,悟空还随口答以机变心对付八十八种邪心。如来恐孙等机心生变,难保真经,派比丘僧、灵虚子两人暗中保护。后四众在路遭遇诸多妖魔。最终悟空等顿悟机心乃起魔之根,于是灭机心,笃真经,于路无阻,顺利归于大唐。

三部主要续作中,《西游补》的艺术成就被公认为最高,与原著的互文性也更具有深意。德里达将人类一切文化活动与行为系统视为一个"大语言",整个文本世界是一个差异系统,每一次的阅读都制造出一种"起源"或"在场"的幻影。幻影是移动的、不稳定的主体标记,在幻影中的各种"元素"之间存有差异性,因而差异性将会被推至文本的脉络之中，以及更大的文本集合之中。通过比较研究，我们很容易发现"西游"叙事群中诸多符码的互文，基于世变、民间趣味、戏曲搬演甚至作家个人的旨趣，产生了斑斓的阅读幻境，续作者不断侵入原文本的文学意图，也是我们后人咀嚼玩味之处。

譬如胡适就不满《西游记》第八十一难（第九十九回）的设置，认为其"寒伧"。他对《西游记》第八十一难的改写，拿掉了取经人重返通天河落水一节，重新设计让取经人回程途中落在《大唐西域记》中记载的"婆罗涅斯国"。国中有古迹"三兽窣堵波"，为如来修行时烧身供养天帝释之地。在此，唐僧见到取经路上被打杀共五万九千零四十九名妖精成为哀号的鬼魂。慈悲不忍，唐僧决定舍一己肉身，超度这些亡魂。他以戒刀割肉，一片一片分食于众亡魂，内心却平静快活。最后听得半空中传来一声"善哉！是真菩萨行"，方才如大梦初醒。

续书、补入、改写，作为一种"修正的阅读"。自有其发生的因缘，有情志补憾的功能，也有作者个人的偏见。而续书作者，身兼阅读者和创作者的双重身份，如何运用时代的工具重新实现文本的布置，又产生了怎样的效果，"借光于鉴，借鉴于光"，同样值得我们细细玩味。

《西游补》的时空

简而言之,《西游补》为"无性"的孙悟空补上了一则情难。

《西游补》的故事发生,是从《西游记》第六十一回"猪八戒助力败魔王 孙行者三调芭蕉扇"后补入,情节大约是唐僧师徒四众经过火焰山后,孙行者化斋,被鲭鱼精所迷,恍惚之间,渐入梦境。梦境中尽是虚相幻影,先是误撞妖怪所幻造的"青青世界",为了寻找师父唐僧的下落,往返奔走,上下求索,却跌到了"万镜楼台"。透过楼台上的镜子,进入"古人世界",化身虞美人,与楚霸王周旋;原想探究秦始皇去处,借得"驱山铎",却又进入"未来世界",充当阎罗王,审判刑求秦桧,并拜岳飞为师。好不容易寻得了唐僧,却见师父听弹词落泪、娶佳人为妻、当将军出兵,行者在五色旌旗中不由得心乱神摇,最后幸亏虚空尊者的呼唤乃得醒悟。

行者为鲭鱼精所迷,经历青青世界、未来世界、古人世界,产生种种颠倒梦境与幻境。他与鲭鱼同年同月同日同时出世(第十六回),暗喻情妖就是行者自身的情欲。行者就是自己的镜子,他在魔境之外的本领到了幻境内统统丧失。这种丧失也令他的飘零感变得强烈。而以跋涉与苦劳克服虚无的"孙行者",自花果山妄想"长生"之后,就没有遇到过那么大的精神危机。

在《西游补》中,行者不断坠入深渊、穿越时空,且恰逢历史精神的攸关点,文本以"情"喻史,以你侬我侬的周旋或是酣畅淋漓的审判,掩饰了未曾直言却众所周知的历史大沧桑。孙悟空像本雅明笔下的"历史天使"一样穿越古今,自然而然地从古代一直浏览至明亡之际的历史残局。

无论是化身虞姬与楚霸王周旋,还是地狱审秦,令历代评论者在检视《西游补》的政治隐喻时,有了充分的发挥余地,将当时文士的精神处境投射到孙悟空的精神世界。在看似毫无逻辑的时空穿梭背后,令评论者相信必有时代赋予作者的"难言之隐"。"情"的范围不断延展,象征手法无一不指向世相,而非世情,暗示着后世读者"空破妻子儿女的私情之根,求得国家君父情思绵绵的道根之实"[1]。如万镜楼中的科举发榜,又如灵霄殿坠落对明亡的暗喻。

傅士怡及林佩芬两位学者曾评论此书为"意识流小说",这样的话,《西游补》可以说是世界上第一本"意识流小说"。以"梦"境来表现心理意识的流

①
苏兴:《〈西游记〉中破情根与立道根剖析》,《北方论丛》1998年第6期,页50。

动,时间贯穿过去与未来,大量运用印象派的手法,虽为文字,却有极强的视觉性。

关于《西游补》的研究,学者赵红娟著有《明遗民董说研究》,着眼于董说家族及其著述;台湾学者杨玉成以身体、医疗角度撰写的《梦呓、呕吐与医疗:晚明董说文学与心理传记》,同样十分精彩;其他学人包括台湾学者高桂惠、许晖林通过情欲、延滞、替代的角度进行深入分析,都为《西游补》阅读提供了很好的参考。

《西游补》是明清续书中的杰作,鲁迅说它"造事遣词,则丰赡多姿,恍惚善幻,奇突之处,时足惊人,间以俳谐,亦常俊绝,殊非同时作手所敢望也"。(《中国小说史略》)评价极高。

行者与容器

　　当行者因入幻受限于鲭鱼精布下的密闭空间中不得出入、遂迷入幻，坠入"情魔"异境不自知，他还心心念念取经使命，却在那个特殊质地的场域内找不到任何对手、出路，没有人跟他说话，他只能不停撞击天门，无果，也不曾受伤。

　　行者此时真所谓疑团未破，思议空劳。他便按落云端，念动真言，要唤本方土地问个消息。念了十遍，土地只是不来。行者暗想："平时略略念动，便抱头鼠伏而来，今日如何这等？事势急了，且不要责他，但叫值日功曹，自然有个分晓。"行者又叫功曹："兄弟们何在？"望空叫了数百声，绝无影响。行者大怒，登时现出大闹天宫身子，把棒晃一晃象缸口粗，又纵身跳起空中，乱舞乱跳。跳了半日，也无半个神明答应。行者越发恼怒，直头奔上灵霄，要见玉帝，问他明白。却才上天，只见天门紧闭。(《西游补》第二回)

　　《西游记》中的孙悟空，其实已经不止一次被困于密闭容器之内。胡适很早就注意到孙悟空和印度史诗中的英雄哈奴曼的形象关系。哈奴曼也曾钻过老魔的肚子。

在大闹天宫时期，孙悟空进入太上老君的炼丹炉内七七四十九天不得出，遂炼成火眼金睛。踏上取经路之后，第一次是与观音合谋，孙悟空钻进黑熊精肚子里，使之现行。（第十七回）三调芭蕉扇时，孙悟空变作蟭蟟虫，乘铁扇公主喝茶之际，钻到铁扇公主肚子里，用头顶脚踢的战术弄得妖精躺下跪地求饶。（第五十九回）孙悟空大战黄眉妖时，变作一个大西瓜，乘黄眉妖吃瓜之际钻到妖精肚子里，大弄手脚，用"翻跟头，竖蜻蜓"的战术制服妖精。（第六十六回）七绝山孙悟空大战红鳞蟒时，行者见蟒精张开巨口要吞八戒，迎上去钻进肚内耍弄金箍棒。（第六十七回）狮驼山孙悟空大战老魔时，被老魔吞入肚内。这次战术写得最有特色，为了制服狡猾的妖精，孙悟空临出来时还把毫毛变为绳子，拴在妖精的心肝上，跳在山顶上，拉着绳子，一提一放，像放风筝一样，弄得妖精死去活来。（第七十五回）陷空山无底洞孙悟空大战白毛耗子精时，变作红桃儿钻进妖精肚内，再度施展本领。（第八十二回）《西游记》中孙悟空自由出入妖肚，纯粹是为了降妖，这是他打斗经验赋予的方法智慧。但到了《西游补》，进入鲭鱼精肚却不再是行者的主观意愿。

曾有人将《西游记》与十七世纪英国人约翰·班扬的《天路历程》作对比，《天路历程》中穿插了《圣经》、箴言和其他宗教材料，且同样说的是历险故事。《西游补》中行者进入鱼腹不得出，熟悉《圣经》故事的朋友或许可以想起来，约拿也曾进入大鱼肚腹。但两者所指涉的意义却不尽相同。

《西游记》中的"爱哭鬼"唐僧，据统计哭了八十多次。如果我们仔细留意，会发现唐僧的眼泪常常指向一个问题，就是义人受苦，取经人无端遭毒害。而到了《西游补》中，唯一的主角行者面临了差不多的"天问"，这突显了"西游故事"的宗教内涵。《约伯记》中有义人约伯，他也常常问类似的问题："我的确敬畏神，远离恶事，可为何仍然要遭到比恶人更惨的苦难？"这个难题十分尖锐，是摆在信仰和信心之间的张力。取经人一路泪流成河，却又是意志坚强、百折不挠地向着苦而去，不埋怨神，为"受苦"开辟了丰富的心灵胜景。

鱼肚情结

在《圣经·旧约》书卷排列中,《约拿书》是《小先知书》的第五卷,记载约拿违背神命、不往上帝指示的异乡去传道的经历。中古世纪犹太解经家回顾以色列亡国史,透过寓意方式解读《约拿书》,由于"约拿"希伯来原文意为"鸽子",与《何西阿书》(何7:11,11:11)呼应,将违背上帝呼召、逃往他施的约拿,比作不顺服上帝、流亡他族的以色列民族。吞吃约拿(拿1:17)的大鱼是暗喻历史上曾俘虏过以色列民族的巴比伦或亚述,约拿被吐回旱地(拿2:10)则意指以色列民族从被掳之地归回上帝。宗教立场的解释则倾向于以《新约》来诠释《旧约》,由于《马太福音》(12:40—41)主耶稣以约拿比喻自己,"约拿三日三夜在大鱼肚腹中,人子也要这样三日三夜在地里头",预言自己将在坟墓三日后死里复活,以坟墓呼应鱼腹,意喻身为人子的耶稣也如约拿一样在蒙召上帝时面对试炼的挣扎与顺服。

这一故事在二十世纪直接衍生出了一个新的

疾病概念叫做"约拿情结"（Jonah Complex），为著名心理学家亚伯拉罕·马斯洛在其著作《人性能达到的境界》中首度提出。马斯洛提到，人们都拥有改善自己的冲动，一种想要激发更多自我潜能、促进自我实现、成就丰满人性或人之富足的冲动。但究竟是什么力量阻碍了这股冲动的激发，马斯洛认为，这种拒绝成长的防御机制便是"约拿情结"。[①]具体来说，是对于自身不凡的畏惧，对自我命运的逃避，或者是对自身天赋的闪避，正如《旧约》中的约拿一样徒劳地逃避他的命运。

孙行者在火焰山后进入鲭鱼精肚，若联想学者郑明娳提到过的，火焰山后行者的性情转变，鱼肚显然成为了一个试炼空间。它的幽闭性与大鱼相似，却产生了与"约拿情结"不尽相同的幽闭心理。

《西游补》第二回，行者发现"天"不见了，他还被诬陷为偷天贼，令人联想到《西游记》第三十三回中，孙悟空戏弄伶俐虫和精细鬼，用葫芦"装天"的游戏。

好行者，伸下手，把尾上毫毛拔了一根，捻一捻，叫："变！"即变做一个一尺七寸长的大紫金红葫芦，自腰里拿将出来道："你看我的葫芦么？"那伶俐虫接在手，看了道："师父，你这葫芦长大，有样范，好看，却只是不中用。"行者道："怎的不中用？"那怪道："我这两件宝

①
马斯洛特别提到，"约拿情结"这一术语是与他的朋友Frank Manuel教授共同讨论出来的名称(Maslow,1971, p. 35)。Maslow, A. H. (1971). The Farther Reaches of Human Nature. New York, NY: Viking Press.

贝，每一个可装千人哩。"行者道："你这装人的，何足稀罕？我这葫芦，连天都装在里面哩！"那怪道："就可以装天？"行者道："当真的装天。"

……

玉帝道："天怎样装？"哪吒道："自混沌初分，以轻清为天，重浊为地。天是一团清气而扶托瑶天宫阙，以理论之，其实难装；但只孙行者保唐僧西去取经，诚所谓泰山之福缘，海深之善庆，今日当助他成功。"玉帝道："卿有何助？"哪吒道："请降旨意，往北天门问真武借皂雕旗，在南天门上一展，把那日月星辰闭了。对面不见人，捉白不见黑，哄那怪道，只说装了天，以助行者成功。"

但到了《西游补》中，被物化的"天"被凿开就不是游戏了。行者只能顶着污蔑去找女娲帮忙补天。可作为中国最重要的母神，女娲却不见了。

行者大喜道："我家的天被小月王差一班踏空使者碎碎凿开，昨日反抱罪名在我身上。虽是老君可恶，玉帝不明，老孙也有一件不是，原不该五百年前做出话柄。如今且不要自去投到，闻得女娲久惯补天，我今日竟央女娲替我补好，方才哭上灵霄，洗个明白。这机会甚妙。"走近门边细细观看，只见两扇黑漆门紧闭，门上贴一纸头，写着：

二十日到轩辕家闲话，十日乃归。有慢尊客，先此布罪。

"天"在中国传统中，意味着许多至高无上的真理。高桂惠在《〈西游补〉：情欲之梦的空间与细节的意涵》一文中认为，天之遗失，象征着一种"救亡"，"本书设计的灾难和《西游记》最大的不同不在五圣如何去打探妖魔来历，如何降妖伏魔，而是那从头到尾都没有现身的妖魔（作者按：不是具体的妖怪，而是一个抽象的空间）根本无法察觉，这种'身陷其中'的魔境，除了亡国那样的巨大灾难，使得性别、角色、历史产生（作者按：原文为"的"）变形扭曲（的理解）外很难予以诠释。"[1]《西游记》中偷天换日是天庭帮忙作弊戏弄小妖，透露着欢乐的氛围。曹雪芹在《红楼梦》中自嘲"无才可去补苍天"，流露出不通时务的名士之风。而《西游补》中的"凿空儿"，则是对于行者"齐天大圣"、"大闹天宫"的消解，充满冤屈与危机之感。

如果说《圣经》中的"约拿情结"源自对自大的畏惧，患病之人于是选择逃避成长，怕去做自己能做的事情。这源自对本质的或对终极价值的畏惧，他们惧怕对真埋的探问和认知，还因为某些真理伴随着一定的责任，会引人焦虑。对"约拿情结"的拥有者来说，逃避责任和焦虑的方式就是他

① 高桂惠：《〈西游补〉：情欲之梦的空间与细节的意涵》，收于余安邦主编《情欲与文化》，台北："中研院"民族学研究所出版社，2003年，页320。

们回避对真理的意识。与此相比,《西游补》的"鲭鱼肚"对行者造成的心理郁结,恐怕是一种中国传统意义上的"天理"的迷失,一种自大之人无从自大的沮丧。行者天然使命的消解、不能做事的苦痛,甚至不能去死的绝望,构成了令人忧惧的心灵景观。

在变幻的魔境中,行者不断寻找自己的原始使命,每一步都坠落得令人心惊。他既要"求放心",还要去完成新的使命,去"补天"。他不回避真理,但真理却回避他。可以说,《西游记》中的孙悟空尚未经历过如此深渊般的险难。

虚无与情难

如果能跳出我们研读《西游记》的习惯思维，在这里，董说实际上设计了一个事关个体"虚无"的试验。虽然"虚无主义"是一个现代西方词汇，放在《西游补》成书的年代，尚没有"虚无主义"这个词。但关于"虚无"的领会却是世界性的。

罗马尼亚思想家萧沆（E. M. Cioran）是一个知名的失眠症患者，长达七年的失眠令他对自我的虚构及存在产生了深刻的感悟，写作了虚无主义论著《解体概要》。那种逃遁无门、恐怖而病态的不死之生，恰如行者在鲭鱼肚中的孤绝处境。

萧沆在《一种迷障的根底》中写到虚无及其克服时曾说："虚无这个念头不是勤劳的人类所能有的特性：辛苦劳作的人既没有时间，也没有心情去称量自己的灰烬；他们只是屈从于命运的艰难或是无趣，只是抱着希望：希望是奴隶的美德。只有那些爱慕虚荣、自命不凡或卖弄花俏的人，因为害怕白发、皱纹、呻吟，才会用自己那腐尸的形象去填充日日的空虚：他们钟情于自我，也对自我感到绝望；他们的思想漂浮于镜子与坟墓之间，于是在自己的脸庞上、在危机四伏的眉眼之间，发现了那些跟宗教真理一样的事实。一切形而上学都是源自于对身体的惊惶，随后才会变成普遍性的东西；出于轻浮而躁动不安的人，其实已预示了那些真正痛苦的灵魂。"①

① 萧沆（E. M. Cioran）：《解体概要》，台北，行人出版社，2008年，页258。

哲学家从妄自尊大中陡然萌生的对虚无的领会，其实与少年孙悟空的命运极其相似。然而《西游记》中孙悟空只在唐僧失踪、误会他、驱赶他时流下眼泪，取经路上，他没有更深层次的苦楚了，直到《西游补》为孙悟空注入新的创伤领会。这似乎是因为孙悟空在整个西行途中不辞辛劳，以重复的苦劳克服着超越性的生存难题，是为孙行者本人的实践哲学。而《西游补》的出现，恰恰为他开辟了一个无助、焦灼、彷徨的新的精神领域，使之不至于被苦行的"希望"奴役。

从这个意义上来说，《西游记》中的"死亡"符合中国民间的想象，不是彻底的死，也不是哲学意义上超然的"孤绝"，而是"越界"后的另一种生。人死之后，若不能成仙，就算到了阴司，所遭遇的情境，也不是反复练习孤独的自我摧残。亡者不仅能见到幽冥界的公务人员、见到阳寿已尽的各种同时代故人，还能见到历史上的名人。运气好的话，甚至可以作为某种人情交易"借尸还魂"（《西游记》第十一回）。但《西游补》却为死生等超越性问题开辟了一个新的"异境"，以孙行者为例，是人的"无能界"。

在那里，再有能术的人都不辨真伪，无天无地的可怕昭示了心魔的险恶，将取经人置于无所适从的幽闭空间。除非战胜心魔。这使得坠入困境中的无论是一个能人还是废人，是一个思想者还是纯粹的肉身，皆不重要。只有"心"的安顿才能真正拨乱反正，挣脱自我辨识的深渊。

人类试图超越死亡的想象力是极为丰富的。如何处置死亡的议题，本来就是东西方各个宗教门派、哲学义理之发源与深化的着力点，C. S. 路易斯在《痛苦的奥秘》中说道："生命中的痛苦是与生俱来的，生物要生存就要承担痛苦，它们也大都在痛苦中死亡……人能够预见自身的痛苦，此后，尖锐的思虑之苦便先痛苦而至了，人还能够预见自身的死亡，于是便渴望获得永生。"《西游记》在很早的时候就让孙悟空强行取消了死生的零度，也令往后的取经故事跃上了一个更深层次的能级，即人在超越（或不惧）死亡之后，所仍然必须面对的绝对虚无及相对克服。

在这个问题上，董说《西游补》的延展是更为深刻和丰富的。其对于"虚无"的拷问就更加深入。历代学人无论从家国创痛和历史隐喻解读、抑或从个体生命玄理出发，都能找到感性与理性方向上的启迪。包括《西游补》中通过叙事话语所构建的明代文人的精神景观，亦可从历史的语境中找到榫眼，并以此针砭晚明的世相萧条。

"情"的造型与延展

《西游补》由此脉络设计产生"情欲"（鲭鱼）的设计，一方面与《西游记》主题勾连拓宽了《西游记》中"情"的边界，另一方面又发展出"婉娈近人"的情妖造型。《西游补答问》解释说：

问：《西游》不阙，何以补也？

曰：《西游》之补，盖在火焰芭蕉之后，洗心扫塔之先也。大圣计调芭蕉，清凉火焰，力遏之而已矣。四万八千年俱是情根团结。悟通大道，必先空破情根；空破情根，必先走入情内；走入情内，见得世界情根之虚，然后走出情外，认得道根之实。《西游》补者，情妖也；情妖者，鲭鱼精也。

问：《西游》旧本，妖魔百万，不过欲剖唐僧而俎其肉；子补《西游》，而鲭鱼独迷大圣，何也？

曰：孟子曰："学问之道无他，求其放心而已矣。"

问：古本《西游》，必先说出某妖某怪；此叙情妖，不先晓其为情妖，何也？

曰：此正是补《西游》大关键处，情之魔人，无形无声，不识不知；或从悲惨而入，或从逸乐而入，或一念疑摇而入，或从所见闻而入。其所入境，若不可已，若不可改，若不可忽，若一入而决不可出。知情是魔，便是出头地步。故大圣在鲭鱼肚中，不知鲭鱼；跳出鲭鱼之外，而知鲭鱼也。且跳出鲭鱼不知，顷刻而杀鲭鱼者，仍是大圣。迷人悟人，非有两人也。

问：古人世界，是过去之说矣；未来世界，是未来之说矣。虽然，初唐之日，又安得宋丞相秦桧之魂魄而治之？

曰：《西游补》，情梦也。譬如正月初三日梦见三月初三与人争斗，手足格伤，及至三月初三果有争斗，目之所见与梦无异。夫正月初三非三月初三也，而梦之见之者，心无所不至也。心无所不至，故不可放。

问：大圣在古人世界为虞美人，何媚也？在未来世界便为阎罗天子，何威也？

曰：心入未来，至险至阻，若非振作精神，必将一败涂地。灭六贼，去邪也，刑秦桧，决趋向也；拜武穆，归正也。此大圣脱出情妖之根本。

问：大圣在青青世界，见唐僧是将军，何也？

曰：不须着沦，只看"杀青大将军、长老将军"此九字。

问：十二回"关雎殿唐僧堕泪，拨琵琶季女弹词"，大有凄风苦雨之致？

曰：天下情根不外一"悲"字。

问：大圣忽有夫人男女，何也？

曰：梦想颠倒。

问：大圣出情魔时，五色旌旗之乱，何也？

曰：《清净经》云："乱穷返本，情极见性。"

问：大圣见牡丹便入情魔，作奔垒先锋演出情魔，何也？

曰：斩情魔，正要一刀两段。

问：天可凿乎？

曰：此作者大主意。大圣不遇凿天人，决不走入情魔。

问：古本《西游》，凡诸妖魔，或牛首虎头，或豺声狼视；今《西游补》十六回所记鲭鱼模样，婉娈近人，何也？

曰：此四字正是万古以来第一妖魔行状。

《答问》告诉我们，《西游补》中的情妖鲭鱼，是作为一种情欲的象征而存在的。它不是一个劫难的实体，而是一个空间的隐喻，象征着行者的在世处境。

"情之魔人，无形无声，不识不知。"而十五回，董说又借波罗蜜王之口，说出行者在《西游记》故事中进入罗刹女体内之后，隔年罗刹女竟生了五个儿子，故而妖肚又有了子宫之嫌。勾连了火焰山叔嫂之斗还有了不伦的结果，最仁义的孙悟空也不仁不义起来。

另外一方面，"情"字可拆成小月王。《西游补》

第十六回文末的评语中说:"一部《西游补》,总是鲭鱼世界。"此"鲭"与"青青"似都是"情"的谐音。故"鲭鱼世界"即是感情世界,是作者的所遇所感,于其中必有作者之寄托。这种寄托并非仅限于男女之情,还有师徒情,甚至家国情。

《西游记》中唐僧背负着皇帝的使命志在"事功",而孙悟空护送其完成使命,他自己与唐王之间没有承诺,对国家也没有责任。翟学伟在《关系与中国社会》一书中说:"以中国人的思维,要理解一个人就应该把他放回到他的社会中去理解。比如说,夫妻两个人吵架,我们不去测量其人格特征,而是问他们怎么结的婚,过的什么日子,住的什么地方,有没有孩子……但是西方人竟然想的不是测量就是实验,指望在这其中解释人的行为,而且坚持这种研究方式是正确的,也可以用来理解活生生的人——用中国人的思维方式来看,这是不可思议的。"实际上,我们一般理解孙悟空,也是将之置于唐僧的取经使命中来整体理解的。这个"奉旨全忠"的使命对于行者的精神试炼是否有意义,在"畏死"的恐惧后,行者似乎从未对此做过更深层次的思考。

整部《西游补》可以说是孙悟空的个人梦境,虽然对于西行取经这件事有着隐约的交代,但几乎都紧紧扣住行者个人的见闻、经历和内心起伏。它几乎剥离了孙悟空原本在《西游记》中规定的全部术能经验和社会关系。《西游记》中孙悟空一贯自信，甚至自大。然而《西游补》却呈现了行者少见的自我怀疑，这种沉思令《西游补》的哲学性十分接近现代西方哲学。

"鲭鱼肚"成为了行者的"认知困境"。这种社会学意义上人的社会关系的架空，形成了行者的迷失。这也构成了《西游补》对于《西游记》中孙悟空形象的转变。

失灵的行者

在鲭鱼肚内，行者施展本领，呼朋唤友，却没有任何回应。行者甚至不能选择去死，因为死亡早就被他自己取消了。那时的孙悟空无计可施，身陷绝境，痛苦不堪。他的所有术能都失灵了，他作为"齐天大圣"所建立的历史经验也被暂时遮蔽。

譬如他不知时间（第八回曹判史呈历本发现历日为逆），也分不清"新唐世界"的真假（第二回）、"青青世界"里的唐僧真假，甚至连小月王是妖是人也分不清楚（第十二回），真所谓"疑团未破、思议空劳"。

而孙悟空在《西游补》中认认真真对待幻相的态度也着实令人心焦，他在不辨新唐真假时就"只是认真而去，看他如何罢了"（第二回）。

行者周围一看，又不知打从那一面镜中跳出，恐怕延搁工夫，误了师父，转身便要下楼。寻了半日，再不见个楼梯。心中焦躁，推开两扇玻璃窗，玻璃窗外都是绝妙朱红冰纹阑干。幸喜得纹儿做得阔大，行者把头一缩,趱将过去。谁知命蹇时乖,阑干也会缚人,明明是个冰纹阑干,忽然变作几百条红线,把行者团团绕住,半些也动不得。行者慌了,变作一颗蛛子,红线便是蛛网;行者滚不出时,又登时变作一把青锋剑,红线便是剑匣。行者无奈,仍现原身,只得叫声:"师父,你在哪里? 怎知你徒弟遭这等苦楚!"说罢,泪如泉涌。(第十回)

　　《西游记》中孙悟空的眼泪与委屈,大多来自唐僧的失踪和错怪,极少来自对自己迷失的无助和无能的恐惧。在鲭鱼肚中,行者不仅不辨真假,心神不宁,甚至连路都不认识。德国学者埃利希·诺依曼的观点,指出"道路"原型作为许多文化原型的模式,通常成为一种自觉的仪式,命运之路成为救赎之路,通过发展的内在道路,由"方向"和"迷失方向"伴生象征意涵,这一原型模式指向人类追求神圣目标、永恒存在的生命主题。(《大母神——原型分析》)

　　此外,在《西游记》的五圣之中,其实唯有孙悟空的眼睛是一直认识取经之路的,如小雷音寺一节。《西游记》中的"路境"和"异境",从某种程度上来说是重合的。高桂惠很早就注意到了"西游"故事群中"这些天路、心路与世路的描绘与展演"[1]。这从刘伯钦不肯跨过两界山中就可见一斑。"化斋"的探路之旅也与妖魔的出现时间配

①
高桂惠:《〈西游记〉续书的魔境——以〈续西游记〉为主的探讨》,收于李丰楙、刘苑如主编:《空间、地域与文化——中国文化空间的书写与阐释》,台北:"中研院"中国文哲研究所,2002年,页240。

套,起着在文学布置上的暗示作用。《西游记》到了尾声时,"小说中取经人最后的考验之一是被要求'识路'。一路洞见不凡的悟空识者恒识,是唯一认得独木桥象征意义的取经人,'必须从此桥上走过,方可成佛'"①。

可一旦坠入鲭鱼肚,行者却既不识路,也不识相。在鲭鱼"异境"中使之险象环生的,并不是妖魔武艺高强,也不是妖魔妄图伤害五圣圣体,而是行者的"失能"。《西游记》中孙悟空几次失棒,又几近失明,他曾经被妖怪打得难以腾挪,但"识"的困境从未出现过。用佛家的话来说,在《西游补》中,求佛的行者面临"无明",令有情人生成为了泱泱苦海。

①
刘琼云:《圣教与戏言——论世本〈西游记〉中意义的游戏》,载《中国文哲研究集刊》,第36期,2010年3月,页12。

梦僧董说

《西游补》的作者董说（1620—1686）字若雨，号西庵，自称鹞鸪生，明末湖州乌程南浔人，名士董斯张之子。早年受业于张溥门下，后加入"复社"，或云曾受《易》于黄道周，通经义，工草书，能诗。明亡后于苏州邓尉山灵岩寺出家，号南潜，字宝云，从南岳和尚退翁弘储游。曾成立"梦社"，专写梦中境遇。崇祯十三年（1640）前后，著有小说《西游补》。他一生著述繁富，有一百多种，然今多不传，因为他还有个癖好，就是焚书，一生大规模焚书三次。

学者杨玉成在《梦呓、呕吐与医疗——晚明董说文学与心理传记》一文中借用了学界前沿关于"医疗"与身体史的视野，重新解构董说特异的性格[1]。如刘复（半农，1891—1934）就怀疑董说有神经病。

在《西游补作者董若雨传》中，刘复写道："大凡幼年时极聪明而且极奇怪的人，到年纪大了，总不免有些神经病的色彩。所以后来若雨一生的行

————————
①
杨玉成：《梦呓、呕吐与医疗——晚明董说文学与心理传记》，收于李丰楙、廖肇亨主编《沉沦、忏悔与救度——中国文化的忏悔书写论集》，台北："中研院"文哲研究所出版社，2013年，页557—677。

动，和他在文学上的表现，以及在学问中所走的路头，都显然是病态的，不是健全的。"杨玉成从董说诗文入手，发现他前半生纠缠于忧郁症及各种疾病，他二十岁科举落榜，二十四岁异梦频繁，医生诊断他罹患忧郁症，第一次焚烧著作。二十五岁时甲申国变，二十七岁起信奉佛教，开始了第二次焚书。三十二岁自创"非烟香法"，其后心理冲突加剧，延续到三十七岁第三次焚书，三十八岁出家。他著作数量惊人，近乎神经质无休止的写作与编年癖，堪称明清之际一个意义重大的病人。

从医疗角度观察明清世变中人，无疑是一个新颖的角度。汉学家宋安德（Andrew Schonebaum）曾在一篇名为《虚构的医药：中国小说的疗效》的文章中指出，晚明以后，小说成为双重形态的虚构药剂，一方面能够治疗善读的读者，另一方面则创造出它本身所要治疗的角色，并且扮演医学书籍的角色，提供读者关于疾病与医疗的详细描述。他称这种现象为"小说有毒"。

这种说法很好理解，恰似《金瓶梅》中李瓶儿对西门庆所说的，"谁似冤家这般可奴之意，就是医药的奴一般"。你是我的"药"，但你其实就是我的"病"。小说也是如此，是为"毒"。

一位日本学者曾经对我说，崇祯版《西游补》是一个非常豪华的版本。我对他口中的"豪华"二字印象深刻。那位日本学者的意思显然是，《西游补》的受众一定是高级知识分子，它并不面向大众。明代以后，由于印刷出版的出现，"小说有毒"这一阅读现象变得更有实证加持。

有人读了书才生了病，有人不得不通过再读书去疗愈之前因读书而获得的心理病。更有人因为误读而厌世丧生。且基于《西游补》，究竟是成书于明亡前还是明亡后，似乎对于后人去理解这个文本具有重大的参考意义。

但人们很快就发现，董说个人性情的特殊性，要比他和同时代读书人所经历的外部挫折更为引人入胜。董说每逢大病，创作量都剧增，写作仿佛是疾病的产物，阅读则像是治疗。他将时文视作毒药，与后世宋安德的"小说有毒"论不谋而合。

董说曾自诩"梦社"社长，颇了解入梦、出梦、梦之破碎不完整性、梦之预告。距董说之生279年后，西方精神分析派创始人西格蒙德·弗洛伊德（Sigmund Freud, 1856—1939）的《梦的解析》一书才问世。

日本第一位荣格心理学家河合隼雄曾经写过一本书《高山寺的梦僧》，主要写日本中世纪明惠法师长达三十年的梦的记录。明惠法师生于承安三年（1173），是镰仓时代初期的名僧。这位有意识地记梦僧人,可能是董说的前辈。

《西游补》中行者入梦境的过程,也就是入魔的过程。心火不灭,则魔境一再增深。情欲的场域都在鲭鱼肚中展演,包括了富贵、功名、情爱的贪念及执着。入情容易,出情难。其象征故事的背后,直指人的个体困境,包括如何克服大千世界中的虚华,如何面对精神领袖的背叛,如何挣脱尘世污浊,走向超越性的理想。无论是身围鱼肚、鱼腹还是气囊,作为场域的边界,质地都不似两界山界限分明。它不怎么可靠,具有伸缩的弹性阻绝了越界经验的施展。正如幻影的模拟,漫漶的介质使得读者对于孙悟空的认识在《西游补》的塑造下趋于陌生化。这种陌生,其实是与孙悟空认识到自己和鲭鱼同体、自己即是心魔是互文的。

"行者困于'鲭鱼'腹中的梦里历程是动态的、无逻辑的和非理性的"[①],这无疑为行者"出入"异境增添了艰巨的难度,行者无法通过理性来辨识及处理自困的深渊。且这种情节、人物设计上的非理性还交织着文本结构上的非理性,呈现出了狂欢凌乱的话语特质,带着反讽趣味,试图在戏言之上彻底颠覆原有的话语权力,也就是《西游记》原来的叙事主权。其原因可能如学者热衷的议题:作为唯一的主角,《西游补》中行者的困境,其实也就是作

①
朱萍:《诗意品格的个性闪现——〈西游补〉的意蕴与风格再探》,《淮海工学院学报(社会科学版·学术论坛)》第8卷 第1期,2010年1月,页24。

者述梦的困境。丧失使命的取经人，丧失本身成为最大的精神创伤。悬置的死亡，更令这场梦变得格外空灵、恐怖。

董说也和行者面对同样的问题，即在结构上如何使行者"出梦"。在文本内回到"涤垢洗心惟扫塔"那一节，又在文本外回到现世飘零的晚明。

镜喻与补天

除了梦喻以外，很多学者都注意到了《西游补》中多次出现的"镜"意象及其象征，并将之与《红楼梦》中"风月宝鉴"作比照。在中国文化与宗教中，一直以来"镜"都是很重要的比喻，因其质地的虚空特点。葛兆光在《中国思想史》一书中写道："关于以'镜'为'空'之喻，见于相当多的佛教经论，其中尤其是般若一系的经典，如《般若》、《智度》、《维摩诘》等，把这一譬喻的多种意义综合，大致上可以归纳出'空'的如下思路：镜中本来无像，犹如空性；镜中相随缘成相，犹如有相；镜中相是哄诳人的假相，就好像有人拣了一个镜，看到镜中人相，以为镜子的主人来了，就慌忙扔下；由于人们照镜见相，相有好丑，所以'面净欢，不净不悦'，引起好恶和烦恼；沉湎于镜中假相，如同陷入虚假世界，为之发狂；其实这种幻相随其缘灭，自然消失，镜中并无存相，终究永恒还是本原'空'。""而以'镜'喻'空'，则由于它容纳了有关'空'的种种复杂涵意，更是被佛教中人及经常使用，关于'空'的非常复杂和细微的意蕴,就在这些精致的譬喻中层层呈现出来。"镜可纳万物之象。惟心所现,惟心所造,故心即镜,然而镜像中的人物又总是与现实世界的方向成像相反,如梦的颠倒,它是一种无意识的精神活动。

《西游补》与《西游记》中"镜"意象的书写,从古代文化传承的角度来看,最大的特点是作为法器效能的日益丧失。在《西游记》第六回中,李天王高擎照妖镜说出猴子去向。但到了五十八回分辨真假猴王时,它却失灵了。到《西游补》中行者变作虞姬时,甚至还照了一次镜子,却"只见镜中自己形容更添颜色"。刘艺认为:"镜子在此作为法器功能的'失灵',决非偶然……问题的根源不在于镜,而在于镜背后那个特定时代中人们思想认识的变化,而这一切正在有意无意之间,通过镜子呈现了出来。"①

如第四回中行者入万镜楼,见到:

> 天皇兽纽镜,白玉心镜,自疑镜,花镜,凤镜,雌雄二镜,紫锦荷花镜,水镜,冰台镜,铁面芙蓉镜,我镜,人镜,月镜,海南镜,汉武悲夫人镜,青锁镜,静镜,无有镜,秦李斯铜篆镜,鹦鹉镜,不语镜,留容镜,轩辕正妃镜,一笑镜,枕镜,不留景镜,飞镜。行者道:"倒好耍子!等老孙照出百千万亿模样来。"走近前来照照,却无自家影子。

①
刘艺:《从照妖镜到玄理之镜——〈西游补〉义旨浅析》,《新疆大学学报(哲学·人文社会科学版)》第33卷第3期,2005年5月,页130。文中详述从我国远古巫术出现的,到被道教吸收、强化的"镜"意象在早期古典小说中的衍变。

这里的镜子，已经不是日常生活中照面的镜子，也不是《西游记》中照妖法器，而是玄理之镜。镜中"却无自家影子"，是行者彻底的迷失真我的表征。真我一旦进入青青世界，就消失不见了。另一方面，曾永义在论述《西游补》结构时说："以'心猿'的坠入梦幻为始，以'悟空'的重返本然为结，中间则肆意铺叙'鲭鱼世界'，而以'驱山铎'为芭蕉扇之影，以之为梭，勾勒编织全文。"[1] 驱山铎这个法器，虽在情节上呼应着《西游记》中的芭蕉扇，但本身只是一个"幻影"。从头到尾都不曾真实存在，是一个"空"相。行者相信它存在它才存在，如青青世界本身。可行者却为了它全力以赴，一再耽溺、沉沦，越陷越深。鲭鱼／情欲魔境，其实是对行者个体信仰的一种检阅，是对其个人精神处境的刻画，将现世的苦难加以裁剪异化，使之在身体的惊惶之下产生形而上学。[2]

在《西游补》中，另一个为学者热衷讨论的问题即"补天"行为的隐喻，"天"与"镜"相似，作为一个传统意象，在《西游补》中遭到了"踏空儿"的破坏。以灵霄殿为代表的天神界让只是拥有"踏空"之法的平民百姓就可以用凿天斧将其凿开，"把一个灵霄殿光油油儿从天缝中滚下来"，可以说，在这里无论是"镜"的失灵，还是"天"的权威的失效，都意味着《西游补》有意的对于"空"相的解构。

①
曾永义：《董说的"鲭鱼世界"——略论〈西游补〉的结构、主题和技巧》，收于《中国古代小说研究：香港论文选集》，上海：上海古籍出版社，1983年，页235。

②
见前文萧沉虚无主义观点的引述。

在鲭鱼肚中，一切坚固的东西都烟消云散了。唐僧在《西游补》中放弃取经，转而娶妻、升官，彻底世俗化的选择，无疑也是对于《西游记》中最顽固的价值核心的破坏。不仅如此，行者和罗刹女情虽无痕，却有了孩子。行者进入妖邪肚内杀妖不成，反倒令妖肚成为孕育新妖的子宫。从表面上看，这是《西游补》狂欢式想象的创造，但在这种破坏性创造背后，似乎躲藏着一个大伤心，即若行者不再是《西游记》里的孙悟空，行者在万镜中都找不见自己，像镜作为镜本身，只得被动地目击世间万象、历史残局，冷观漠然，无能为力。

物色与名色

　　高桂惠认为，明清小说的物质书写显照出多重的物象世界，整体而言，物质的存在透过技术本身、物质材质的文化属性，作为理性与感性对世界的有意加强，物品代表生产者、拥有者的特殊价值及其伴随的社会关系能力。哈佛大学的李惠仪教授认为，晚明有玩物文化，文人通过玩物、体物、观物之"自我建构"，在易代之际融入兴亡之感与历史记忆。这是世变创伤之下的文人，寄寓家居日用之物以及文物的鉴定与评赏之趣的疗愈。明亡以后，不与新朝合作的士人被习称为"遗民"。实际上，对物的依恋和执着，也与"世纪末情绪"相辅相成。

　　一入梦境，行者就见花。见到红花，照应《西游记》中火焰山设定中"红瓦"盖的房舍，"红砖"砌的垣墙，"红油"门扇，"红漆"板塌，"一片都是红的"。少年推着"红车"叫卖"热糕"。颜色成为了误入情魔的媒介。《西游补》中的行者与唐僧曾就"红"进行过一番讨论：

行者道:"师父，那牡丹这等红哩！"长者道:"不红。"行者道:"师父，想是春天曛暖，眼睛都热坏了？这等红牡丹，还嫌他不红！师父不如下马坐着，等我请大药皇菩萨来，替你开一双光明眼。不要带了昏花疾病，勉强走路；一时错走了路头，不干别人的事！"长老道:"泼猴！你自昏着，倒拖我昏花哩！"行者道:"师父既不眼昏，为何说牡丹不红？"长老道:"我未曾说牡丹不红，只说不是牡丹红。"行者道:"师父，不是牡丹红，想是日色照着牡丹，所以这等红也。"长老见行者说着日色，主意越发远了，便骂:"呆猴子！你自家红了，又说牡丹，又说日色，好不牵址闲人！"行者道:"师父好笑！我的身上是一片黄花毛；我的虎皮裙又是花斑色；我这件直裰又是青不青白不白的。师父在何处见我红来？"长老道:"我不说你身上红，说你心上红。"便叫:"悟空，听我偈来！"便在马上说偈儿道:

牡丹不红，徒弟心红。牡丹花落尽，正与未开同。

(《西游补》第一回)

这不禁令人想到王阳明一段著名的话:

你未看此花时，此花与汝心同归于寂；
你来看此花时，则此花颜色一时明白起来。
便知此花不在你的心外。

与唐僧说"我不说你身上红，说你心上红"的意味如出一辙。

据学者赵红娟统计，《西游补》色彩丰富，颜色字极多："不到五万字的小说正文中，'青'字出现了206次（包括'绿'字62次、'翠'字27次、'碧'字12次），'红'字出现了83次（包括'赤'字19次，'朱'字8次），'白'字（包括指颜色的'素'字10次）出现59次，'金'字59次，'玄'字49次（包括'黑'字17次），'紫'字32次，'黄'字32次。"[①]这种对于色彩铺张的写法，调度了读者的视觉经验进入故事之中，同样模糊了文字与影像的边界。这种修辞方法在《西游记》中也有，如第九十一回元宵看灯看花，但却并不突出。《西游记》主要以唐僧贪看之眼，体现六贼之险。但《西游补》行者身在险难之中，反而更为肆意地展现梦境的迷幻。

《西游补》第一回中出现了百家衣：

> 我到家里去叫娘做一件青蘋色、断肠色、绿杨色、比翼色、晚霞色、燕青色、酱色、天玄色、桃红色、玉色、莲肉色、青莲色、银青色、鱼肚白色、水墨色、石蓝色、芦花色、绿色、无色、锦色、荔枝色、珊瑚色、鸭头绿色、回文锦色、相思锦色的百家衣。

实际上读者也并不知道"断肠色"、"比翼色"、

①
赵红娟：《补天石·镜子·颜色——试论〈西游补〉与〈红楼梦〉的象征意象》，《浙江学刊》2013年第3期，页96—97。

"相思锦色"等是什么颜色，它却镶嵌其中。包括万镜楼的镜子，即使是现代人，可能都从未见过那么多种类的镜子。至于"自疑镜"、"不语镜"、"不留景镜"是什么隐语，更难说明。学人常以"晚明"的角度来检阅这种名色背后的末世哀愁。

哲学家梅洛庞蒂有一本书叫《眼与心》，通过身体现象学来读画。他写道："事物根本并不'是'一个在另一个后面。事物的混搭侵越或潜伏状态，并未进入事物的定义范围，只不过表现了我不可思议地与诸事物中的一个——我的身体——有联带性。"西方印象派画家去除画中静物的阴影，重新研究光与色彩的关系。实际上这种"一览无遗"也突出了艺术家本人的"看"，它的组合更像是一种幻象，或者说，人们梦里的样子。

《西游补答问》中写道："悟通大道，必先空破情根；空破情根，必先走人情内；走入情内，见得世界情根之虚，然后走出情外，认得道根之实。"内与外，入与破，其实都是在写行者的小"我"。心魔是"我"，鱼肚也是"我"。《西游补》写得最好的是关于"人的处境"的勾画，行者是行者的镜子，我们却照出了自己的情难。

而董说与他创造的鱼腹，空灵又令人不安，是自我的重重迷障，游走于时空断层。他的迷宫，又何尝不是晚明的迷踪。

"情梦"与"盗梦"

林顺夫有一篇文章《试论董说〈西游补〉"情梦"的理论基础及其寓意》，提到了一个观点很有意思。他认为，被现代人称为"盗梦空间"的《西游补》情梦构建，其实是佛教思想"颠倒梦想"的小说化。"董说在原来的《西游记》一切'以力遏之'的遏情方式之外，提出'入情—出情'的方式来述说情梦的意义[①]"，我是十分同意的。因为比起西方"意识流"理论，《西游补》的确更像是一个佛教的梦。

如果我们记得文言小说《画壁》的话，可能会对佛教徒董说构建梦境的方式感到似曾相识。《画壁》中的"拈花微笑"是世尊于灵鹫山上说法时，弟子迦叶悟道的隐喻，却被降格化用至壁画美女，且带有"樱唇欲动，眼波将流"的欲望色彩，致使朱孝廉"神摇意夺，恍然凝想"。朱孝廉随之神游他界，可是灾难也相伴而来。原来与他狎好的垂髫女郎怀了身孕，且不告而别，朱孝廉仓皇苦痛，而且不记得自己到底是从哪里来到了异境。等到老僧召唤，

①
林顺夫:《试论董说〈西游补〉"情梦"的理论基础及其寓意》，收于钟彩钧主编:《明清文学与思想中之情、理、欲——学术思想篇》，台北:中研院文哲研究所，2009年，页250。

朱孝廉才由壁画飘忽而下,但已被吓坏了。

　　故事从一张壁画衍生出如此惊险丰富的想象,作者用精准的语言营造了"越界"的层次,使画中人、画外人彼此衬托。等朱孝廉从画中幻境回到现实世界,却发现壁画发生了奇异的变化(画上的天女从少女的发型变成了少妇的发型),这种变化带有性的意味,却又写得十分含蓄幽微,似乎真相只有经历过的人才心知肚明。小说描写真假相参,幻极异极,尤其注重人物的感受和知觉,男性欲望与沉思伴随着"如驾云雾"的美学布置,读来令人有身临其境之感。

　　然而,这个故事到底说了一个什么样道理,似乎又显出别样的复杂性。情人间的欢爱突然间变成了一场噩梦,少女从"壁上小扉"遁去,而独留下朱孝廉一人。他既想不起画外的事,又找不到画里的美人。好不容易出画,却看到画里的少女已经把头发做成了妇人的发式。幻由人作,人却把自己都作茫然了,这件事到底有没有发生过啊,为什么孤独和茫然那么真切……可见是一个很别致的一个情爱故事。冯镇峦在评点本中将故事主旨解释为"因思结想,因幻成真",这与篇中老僧的点示和"异史氏曰"不约而同说到的"幻由人生"相似,带有佛教玄虚色彩的训诫意味。朱孝廉失去画外记忆时与老僧的对话,语义扑朔迷离。老僧到底是谁? 故事里到底有几位僧人？皆是充满禅机的话语之谜，值得深思再三。菩萨以万千幻相点化愚蒙，又谈何容易。

从小说结构上来说，《西游补》进入《西游记》的方式非常类似于《金瓶梅词话》和《水浒传》的关系。以《水浒传》为例，商伟曾指出："不难看到，早在《西游补》之前，就有了《金瓶梅词话》这样的章回巨制，开了小说补作的先河。它以《水浒传》中武松复仇的情节为起点，但又改弦易辙，展开了一个异想天开的、另类的虚拟叙述（"what if" narrative）：如果西门庆和潘金莲当初没有死在武松的刀下，而是多活了四五年的时机，那结果会怎样？他们的故事又该当何论？这无异于向读者宣布：《金瓶梅词话》演绎的是一个被《水浒传》扼杀掉的故事……《词话》通过虚构笔法，不仅与《水浒传》搭上了关系，而且颠倒了它与《水浒传》的前后因果关系，变成了后来居上，本末倒置……就此而言，《西游记》作为江湖历险叙述的变奏，与《水浒传》殊途同归。"[1]《西游补》展演的也是被《西游记》框架遏制的可能性。

林顺夫提醒我们重读《西游补答问》，且注意"力遏之而已矣"一句：

问：《西游》不阙，何以补也？

---

[1] 商伟：《复式小说的构成：从〈水浒传〉到〈金瓶梅词话〉》，《复旦学报（社会科学版）》2016年第5期，页43、45、51。

曰:《西游》之补,盖在火焰芭蕉之后,洗心扫塔之先也。大圣计调芭蕉,清凉火焰,力遏之而已矣。四万八千年俱是情根团结。悟通大道,必先空破情根;空破情根,必先走人情内;走入情内,见得世界情根之虚,然后走出情外,认得道根之实。《西游补》者,情妖也;情妖者,鲭鱼精也。

问:《西游》旧本,妖魔百万,不过欲剖唐僧而俎其肉;子补西游,而鲭鱼独迷大圣,何也?

曰:孟子曰:"学问之道无他,求其放心而已矣。"

问:古本《西游》,必先说出某妖某怪;此叙情妖,不先晓其为情妖,何也?

曰:此正是补《西游》大关键处,情之魔人,无形无声,不识不知;或从悲惨而入,或从逸乐而入,或一念疑摇而入,或从所见闻而入。其所入境,若不可已,若不可改,若不可忽,若一入而决不可出。知情是魔,便是出头地步。故大圣在鲭鱼肚中,不知鲭鱼;跳出鲭鱼之外,而知鲭鱼也。且跳出鲭鱼不知,顷刻而杀鲭鱼者,仍是大圣。迷人悟人,非有两人也。

无论圣僧还是凡夫,对于"情"的问题的处理,都是"遏之"才得到平息的假象。比起《画壁》的心知肚明,《西游补》的揭露其实也是彰明某种"压抑"的欲望。《西游补》写得最好的,其实是对《西游记》细读后的补充。如唐僧的恐惧,孙悟空被

"紧箍咒"强行镇压的欲求，甚至还有他被冤枉为偷天贼却从来没有机会解释的那些潜在诉求。但是，仅仅用"力遏之"来处理"情"的问题，是不健康的，也是不彻底的。正所谓"悟通大道，必先空破情根"，《西游补》改弦易辙的部分，恰在于看破了"情之魔人"靠打杀并没有什么用，无非是反反复复、兜兜转转，早晚会被诱发。

"鲭鱼精"既然与孙行者"同年同月同日同时出生，只是悟空属正；鲭鱼精属邪，神通广大，却胜悟空十倍"，除了说明赵红娟教授推论《西游补》一难与真假美猴王类似，属于孙悟空自己的心魔（正邪、明暗），还说明了人欲的复杂性与宗教实践的辩证关系。佛教典籍里会出现"情关"一词，把情比喻成关隘、关口，暗喻空间的界限与越界的风险。且"情关"常与"破"、"断"等动词连用，如果说《西游记》是"断"，那么《西游补》可能就是"破"。面对情的困境，我们只能直面它，破坏它，才能从里面走出来。《西游补》中悟空入魔，就是从"牡丹花红"的妄念中来，之后，他的眼睛要比平日看到更多颜色，而非原来仅实践辨识真假的功能。色相包括了颜色、情欲、富贵、声色……孙悟空走入色相中观看，在幻象中幽禁和流浪，怎么也出不来，越来越感到恐惧，这也是《画壁》中朱孝廉的恐惧。是"情梦"将人的狼狈万象和盘托出，西游故事中被压制的东西以变异的方式被释放出来，展演了放纵情思后的遗祸，如火焰山之火是他亲手造成，进入铁扇公主肚腹也是他僭越叔嫂之礼，勾销生死簿惹来真假美猴王，以及他内心对取经团队成员真实的批判等等。这些心理现实经由梦境的媒介还原出了它们本来的面貌，这可能也是佛家"破情根"的必经之路。

而所谓"盗梦"，除了《西游补》中第二回中出现过的"偷出凌霄"、第三回出现的"弼马温！偷酒贼！偷药贼！透人参果的强盗！"、第五回出现的"蛀穿镜子"、第八回出现的"古人世界道是我有个贼名头"（暗扣"偷宋贼"秦桧），亦是孙悟空恒常的心魔，被幻化成偷时间、偷空间、偷政权的缤纷面貌，他甚至还冒名顶替六耳猕猴的名号。

其实他也偷了佛教的"情梦"，那本来也不属于他。他替一些人梦了一遍，受困了一遍，焦虑了一遍，最终逃脱了出来，回到了《西游记》的本命中。

正所谓"此作者大主意。大圣不遇凿天人，绝不走入情魔"。

附　录

东天之门开了，直通天庭的窄路刚好在行者的脚下。但是这
对于行者有什么用处呢？这样黑暗的天堂，已经弄到他毫无去意。

——刚子《续西游补》第一回

《西游记》中的"水难"

　　一般来说,中国古代小说的故事背景多发生于内陆,很少涉及海洋。《西游记》故事的前身"玄奘取经故事",原本也是发生于内陆地区的行旅事迹。唐朝与印度海陆往来频繁,鸠摩罗王曾建议玄奘回程向南走海路,但玄奘婉拒了,跟随丝绸之路的商队穿越帕米尔高原和西域诸国返回大唐。《西游记》最早的故事原型并无明显的海洋文化痕迹。

　　明代以前,"西游故事"经过不同文体如杂剧、平话等拼贴,形成了独有的故事群落特征,开始糅杂复杂的文化源流,其中就包括了对异域"海洋文化"的接受。这种改变的痕迹非常隐微。主要来自于三个方面:(一)唐僧身世故事中的"水"意象;(二)龙王传说与求雨故事的融合;(三)其他"水难"与"水怪"(与"水"有关的妖怪)的展演。在世德堂本(1592)《西游记》的险难设计中,虽然表面上山难故事多于水难,但"水"的意象还是组成了小说最重要的布景和情节,考验取经人的弱点。有关"水"的渴望与恐惧,构成了明代中国人基于农耕文明而自然型塑的情感结构和神话结构。

一、唐僧身世故事中的"水"意象

今见通行本《西游记》第九回"唐僧出世"故事系清初汪澹漪《西游证道书》增插，也就是说，明代1592年南京金陵世德堂本所刊《西游记》中并没有这个故事。这是非常奇特的现象，历来也有广泛讨论。《唐三藏西游释厄传》收入了"陈光蕊故事"，以三藏出身为主，叙述他早年所经历的灾难。世本《西游记》反而只留下一段韵文，在清人黄太鸿和汪象旭所编《西游证道书》中，陈光蕊的故事首次成为第九回的主要内容。也就是说，《西游记》原本依据的是玄奘取经的故事，但玄奘的身世作为重要取经故事缘起，反而是清代才补充进去的。1980年，人民文学出版社出版的百回本《西游记》，曾将这"第九回"故事改为"附录"。这一回的回目是"陈光蕊赴任逢灾，江流僧复仇报本"。故事说的是唐代贞观年间，海州平民学子陈光蕊高中状元，与宰相之女殷温娇结婚，不久被朝廷任命为江州知州。陈光蕊携妻赴任途中遭遇洪江水寇刘洪谋害，被杀沉江，刘洪夺妻冒官，温娇为了保护腹中胎儿只得忍耐。温娇生下婴儿后，将他与一封血书放逐水上，为金山寺法明长老所救。法明长老名之为"江流儿"，字面意思是江面漂流的儿童。十八年后，江流儿，也就是陈玄奘长大成人，查清昔年冤案。陈光蕊因龙王救护不死，还阳与妻子团圆。但温娇因失身侍贼，有愧于丈夫，投江自尽。

不难发现，这个故事带凸显了"水难"的元素，并且将一些细节做了调整。首先将河南人（籍贯地洛州，即今日洛阳）玄奘改为在沿海（海州弘农郡聚贤庄）出生，以便让他的父亲能被海龙王所救。其次将唐僧的诞生与一场水难挂钩。他的父母遭遇水上盗贼，盗贼的名字是"刘洪"，与"流洪"同音，唐僧自己也被取名为与水有关的"江流儿"，寓意他在水上出生并漂流的悲惨命运。"江流儿"的神话，出现在分布广泛的中国英雄传奇中，如后稷被弃于寒冰而不死，重生以后成为周人的始祖。徐偃王被丢弃于水滨，为孤独母犬鹄苍所救，最后也成为一代王者。还有彝族传说"铁箱里的淌来儿"，等等。另一部中国著名小说《水浒传》，说的也是与水和盗匪有关的故事。如果我们放眼世界视域，会发现这和安放着摩西的"箱子"一样，"水"的神秘与不稳定性等特质，都暗喻人的生命力和神的安排。"江流儿"的故事原型也并非中国独有。

《西游记》中"江流儿"故事的诞生，最早来源于中国戏曲文本，并广泛传播。同样，也是戏曲文本最早将该故事编入广义上的"西游故事"群落。经辽宁大学胡胜、赵毓龙教授爬梳，目前可知最早讲述该故事的文本，是宋元南戏《陈光蕊江流和尚》。也就是说，"水难"是广义上西游故事群落中出现时间较早的故事原型。戏曲中类似的官员携妻赴任新职，遭遇水寇，于江心被杀，多年后真相大白的故事还有很多，如唐代《原化记》、《乾月巽子》，或另一则话本故事改编的《白罗衫》，都曾在民间广为流传。世德堂本《西游记》把"江流儿"故事删除，只保留了一段唐僧出身的韵语，这是因为，戏曲之外的民间传说和历史典籍中，并没有确切提到陈光蕊是唐僧父亲的说法。但显而易见的是，《西游记》核心人物唐僧的故事与"水难"直接有关，这段故事里"龙王相救"的段落也是西游"水难"故事的经典范例。

二、龙王传说与《西游记》中的求雨故事

《西游记》中，"龙王"的情节占比非常大，他经常承担救援的工作（《西游记》中也有不好的龙王，如万圣龙王就是盗贼）。水神的存在，意味着人类对自然的不可控之力，和对控制风雨的欲望。以"魏徵斩龙"传说为代表，它是隶属于《西游记》取经缘起的故事之一，讲述的是泾河龙王与术士袁守诚打赌降雨时辰，袁守诚算中后，泾河龙王为了赌

赢私自改了行雨的雨量和时辰。事情被玉帝发现，要砍泾河龙王的头，龙王托梦向唐太宗求情，却还是被魏徵斩首。《西游记》中龙王的主要职能是司雨，也就是管理下雨，但下多少滴雨要听从玉皇大帝的严格安排，违反规定会遭遇严厉惩罚。有学者认为，中国的四海神及龙王信仰中并没有赋予龙具体的司雨职能，季羡林先生就曾提到《西游记》中的龙王故事受到了印度龙神崇拜的影响。龙王有一些特点可能也与这个来源有关，诸如宝贝多、财产多、子女多、亲戚多等。《西游记》中只有三个重要人物有家庭，猪八戒、牛魔王、龙王。

世界文明中的龙主要有三个源流，分别是印度、西欧和中国。最近出版的《龙王的嬗变：白族水神信仰体系的人类学透视》[1]一书中就重新梳理了中国白族（云南大理地区）水神信仰体系，给我们理解《西游记》带来很多启迪。学者赵橹在《论白族龙文化》一书中也曾提到，"白族的社会生活实践中，凡是与水有关，就必然有'龙'的观念的出现"[2]。这里的"水"也不只是"雨水"，明代李元阳撰写的《赵州甘雨祠记》一文中记载，嘉靖年间，大埋多地久旱不雨。为了求雨，赵州州首去湫龙潭求雨。途中遇到一条蛇，他听人劝告拿出祭品和瓦罐，到了傍晚，赵州郡内果然大雨如注。其实，为了求雨，"龙"和蛇（小龙）也不是唯一的吉祥物，古人

[1]
杨跃雄、杨德爱：《龙王的嬗变：白族水神信仰体系的人类学透视》，北京：社会科学文献出版社，2020年。

[2]
赵橹：《论白族龙文化》，云南大学出版社，1991年，页1。

还曾祈求过蜥蜴、青蛙等。古代的农业生产取决于大自然的支配，古人尤其重视风调雨顺，而掌管风调雨顺的神明就显得特别有权力。求雨是一个重要的宗教仪式，在佛教和道教典籍中都有记载。南宋《夷坚志》较早载录经由佛经故事传来的印度求雨习俗，还有中古汉译佛经《大云经请雨品》中的"祈雨术"（也包括止雨术）。道教中类似的求雨禳灾典籍很多，如《太上洞渊说请雨龙王经》。有些法师为了求雨，甚至会付出生命的代价。在《西游记》故事中，车迟国斗法一章中所使用的五雷法，亦有这一方面的文学化呈现。

对"雨水"的共同渴望可能与中印两国农耕文明的背景有关。孙悟空曾因沿路遭遇旱灾求助，如第八十七回"凤仙郡冒天止雨　孙大圣劝善施霖"，当地居民因过失得罪了玉帝，被惩罚三年无雨可下，可见雨水最高的管理权在玉皇大帝手中。但龙王有自己的办法私藏雨水帮助孙悟空，一次是观音菩萨为灭红孩儿的三昧真火，就向龙王借了一捧海水，虽然并没有起到作用。另一次是孙悟空在朱紫国行医（一些学者认为朱紫国位于现今印度境内）。药方中需要无根水作为药引，所以用不了河水、井水。龙王给了孙悟空两个喷嚏助力，令"文武多官并三宫六院嫔妃与三千彩女八百娇娥，一个个擎杯托盏，举碗持盘，等接甘雨"，化解了国王的忧郁症和消化疾病。《西游记》中的"水难",最直接的表现就是干旱缺水,神明也因这一民众内心的需求而被发明出来,成为典型的中国故事。

三、其他"水难"与"水怪"
(与"水"有关的妖怪)

除了干旱与求雨之外,《西游记》中的其他"水难"表现,最明显的表现就是渡海。孙悟空要求长生不老之道,经他的猿猴长辈提醒,在花果山无法习得,只得离开家乡,他遇到的第一个困难就是渡海。他扎了一只木筏,"独自登筏,尽力撑开,飘飘荡荡,径向大海波中"。在佛教的解释中,要渡过苦海、登彼岸,需要自己努力。明代的西洋大海,指的是文莱以西的海域或印度洋海域。一只猴子如何独自渡海,看似是虚构笔法,显得十分浪漫。但据最新的研究表明,在秘鲁亚马逊森林深处发现了4颗猴子牙齿化石,可证明在数千万年前,确实有灵长类的猴子漂洋过海,从非洲来到了南美洲"。值得注意的是,在中国《西游记》图像历史的形成中(如插图插画)极少有渡海的画面,而在日本多种《绘本西游记》中,都曾将"悟空乘筏浮大海"作为重点改编绘画的对象,这可能与日本是一个岛国有关。他们对于海洋知识和渡海知识的了解非常细

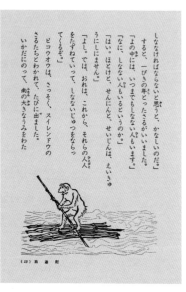

《绘本西游记全传》书影
明治二十年（1887）

松枝茂夫、君岛久子译《西游记·中国
童话集》书影
昭和三十八年（1963）

致，对于孙悟空出海的画面也有具体的想象。

　　唐僧的西行之路，基本是沿着陆地行走的，但
也难免遇到不容易渡过的河流，如著名的流沙河
（第八回），这是一条古老的河流，在宋代的《大唐三
藏取经诗话》中就记载玄奘法师的前世在此地被深
沙神吃掉。这个水"鹅毛也不能浮，唯有九个取经
人的骷髅，浮在水面，再不能沉"。深沙神，也就是
取经人沙和尚形象的前身。沙和尚在日本的形象

演变类型复杂。昭和七年（1932），日本少年讲谈社出版的第五卷《孙悟空》一书中，里面有一节《河童的侦查》，较早将沙僧的形象与河童的形象合一，有鸟的喙、青蛙的四肢、猴子的身体及乌龟的壳，如同多种动物的综合体。沙僧在日本的形象也不只是河童，有很多形象来源。昭和二十九年（1954）川端康成、阿部知二等主编的一个绘本《水浒传、西游记》中，沙僧还有一个典型中亚人面孔的形象。猪八戒曾在天河管理水兵，水里打仗他比孙悟空强。取经人中，唯有唐僧完全不识水性。但唐僧与"水难"关系密切，他曾多次落水（如第四十七到四十九回"通天河"），第九十九回因为忘记与老鼋许下的承诺，甚至连取回的经文都全部落水。除了落水，他还曾喝下子母河的水而怀孕。以上皆属八十一难经历的厄运。但一般来说，我们还是会认为，《西游记》中"山难"多过于"水难"（到了明代《西游补》中，孙悟空一直在为唐僧找寻"驱山铎"缓解师父的焦虑），成为了阅读惯性中的"刻板印象"。

由此可见，虽然《西游记》基本是以陆地行旅为故事的背景，但有关"水"的威胁、恐惧和焦虑始终存在。在《西游记》中，唐僧每过一座山就会感到害怕，觉得一定会遇到妖怪。每到此时，孙悟空就会劝他不要多心，念一念《心经》，"心生种种魔生，心灭种种魔灭"。唐僧未曾提及怕"水"，"水"

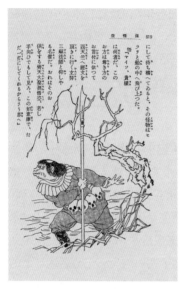

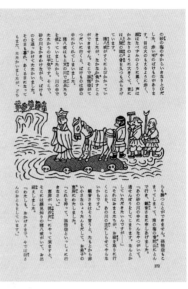

少年讲谈第五卷《孙悟空》书影
昭和七年（1932）

鱼返善雄译《西游记》书影
川端康成等主编《世界少年少女文学全集26》
昭和二十九年（1954）

却是阻碍他顺利西行的重要苦难之一，他的出身故
事就与水有关。直至故事末尾，他的尸体漂流在凌
云渡之上，完成了佛教意义上对肉体的舍弃。由水
上而来，经水上而去。

关索、格斯尔与孙悟空

2019年4月，德国汉堡大学汉学教授田海（Barend ter Haar）在复旦大学做过一次主题为"关羽：一个失败英雄的宗教后世"的讲座。在提问环节，有同学问到了关公后代的问题。当时，刘永华教授赞同关公、妈祖等是孤魂崇拜，但他认为拥有爵位的关公是有后代的。田海教授回应，根据他的调查，关公没有后代，所谓的后代是明朝"发明"的。这个问题引起很多笑声，因为田海教授的口头表述是，"也许他在明代以后有了一些……性的活动"。不过，这场讲座还是给我很大启发，因为据田海找到的材料，至少在17世纪70年代，关公信仰有一个来源，是"被处死的雨龙的化身"，"雨龙不听玉皇的命令来帮助受到荒灾的农村送雨，被处死的形式是砍头，和尚受雨龙的血，帮助他再生做人（关羽），成为我们所认识的关羽"。这和《西游记》中司雨龙王的形象很像，而且《西游记》中也出现过泾河龙王因为欺骗玉帝改了下雨时辰而被砍头的故事。

很久以前，我曾经读到过金文京教授写的文章《关羽的儿子与孙悟空》，觉得很有意思。文章提到在三国故事中，大家熟悉的关羽有两个儿子，但在罗贯中的《三国志演义》中还有第三个儿子叫关索。这个人物并不活跃，在明代后期的版本中，总是突然出现，又不知不觉消失。"关索"这个名字，在《水浒传》里也有出现，杨雄的绰号就叫"病关索"。但是除了云南地方流行的"关索戏"之外，这个虚构人物并没有形成非常完整的形象。他和关羽有关，连"三国杀"里都有现身。金文京教授的文章里提到，一直到1967年，上海嘉定偶然发现了一座古墓，据文章引注，从这个墓中发现了当时北京永顺堂刻印的十六种说唱词话和明初著名的戏曲《白兔记》。说唱词话里，就有一部以关索为主人公的《花关索传》。那么，关索和孙悟空又有什么关系呢？金教授指出，《花关索传》中的花关索曾经说过一句和孙悟空一样的话："尿泡空大无斤两，秤它虽小压千金。"他认为，花关索的人物形象和孙悟空一样，具有剑神（泉州开元寺浮雕"手握剑"）、小童（花关索"上下不长四尺五"，孙悟空"身不满四尺"）、水神（"水怪无支奇"故事是猿猴传说来源之一）的特征。

金文京教授在2019年时也来过复旦大学，当时做了"东亚汉文学四讲"的讲座，其中之一就讨论到《朴通事谚解》与《西游记》史料的关系。《朴通事谛解》是朝鲜时期重要的汉语教科书（兼以北京的观光指南），也是研究元末明初语言的重要语料。在《西游记》形成史研究中，《朴通事谛解》是一部重要的收入早期西游故事形态的材料，一般认为有两则，一是第80条（卷下）：

> 往常唐三藏师傅，西天取经去时节，十万八千里途程，正是瘦禽也飞不到，壮马也实劳蹄，这般远田地里，经多少风寒暑湿，受多少日炙风吹，过多少恶山险水难路，见多少怪物妖精侵他，撞多少猛虎毒虫定害，逢多少恶物习蹶，正是好人魔障多，行六年受多少千辛万苦，到西天取将经来，度脱众生各得成佛。

另一处是第88条（卷下），即书中两人在部前书店买《赵太祖飞龙记》和《唐三藏西游记》，随之介绍《西游记》中"车迟国佛道斗胜圣"，相当于世德堂本《西游记》第44、45回。在《西游记》小说定型以前，元代曾有一部《西游记平话》。明初《永乐大典》卷一万三千一百三十九"送"字韵"梦"字条，还保留着"梦斩泾河龙"一段话本残文，见于《朴通事谛解》。关于《朴通事谛解》中所引《西游记平话》是否是元代产物一直有讨论。金教授的讲座，补充了一处新的材料，他认为《朴通事谛解》（卷中）51条"咱充付些盘缠，南海普陀落伽山里，参见观音菩萨真像去来，这菩萨真乃奇哉，**理圆四德，智满十身**，洒悲雨于遐方，扇慈风于刹土，座饰芙蓉湛南海澄清之水，身严璎珞居普空翠之山"与世德堂本《西游记》第八回观音形象的描述"诸众抬头观看，那菩萨：**理圆四德，智满金身**。璎珞垂珠翠，香环结宝明"有一定的关系。也就是说，《朴通事谚解》中那段赞颂观音的文字，可能与《西游记》有关。这是一个比较新的发现，补充了《朴通事谚解》下卷正文和注文中出现"车迟国斗法"情节、讲唐僧西行"撞多少猛虎毒虫定害，逢多少，恶物刁蹶"的既往研究成果。

更有趣的是，金文京谈到中国历代王朝和朝鲜半岛的关系中，元朝和高丽的关系非常特别，13世纪初蒙古侵略朝鲜半岛，1232年，高丽国王、崔瑀迁都江华岛。蒙古不善水战，皇帝就在江华岛待了19年不妥协，最后只得承认高丽王朝存在，后来关系才有所缓和。元泰定帝和元顺帝与高丽关系匪浅，韩国中央博物馆藏有高丽敬天寺十层塔图，该塔可能是按奇皇后意愿所建，建于1348年，目的是为高丽王室和元蒙皇室祈福。塔基刻有《西游记》图像，包括沙河桑、唐太宗设大会、蜘蛛精、红孩儿、车迟国、地涌夫人等。据谢明勋《〈西游记〉与元蒙之关系试论：以"车迟国"与"朱紫国"为中心考察》文章考证，"车迟国"故事很可能是元末政治斗争下的文学产物，高丽王室丞相"伯颜"与小说中"伯眼大仙"似乎也有关联，这显然与"孙悟空大闹天宫"与"车迟国斗法"两大情节皆循《贤愚经》写成的学界公论不太一样，但也不无道理。总而言之，高丽的文化、包括汉文化修养远超蒙古。而高丽接受《西游记》并对蒙古产生的影响，可能有汉族力不能及之处。

西游故事与蒙古似有若无的关系不止于此。康熙六十年（1721），乌弥氏阿日那翻译了《西游记》（二十卷一百回），可看做蒙汉翻译史上了不起的工作。阿日那翻译的时候并不确定小说作者，也没有被各种说法干扰，只说自己是根据一部汉文小说翻译为蒙古文。我在很偶然查阅到《蒙古文与〈西游记〉研究》一书，发现作者巴雅尔图将《西游记》与《十方圣主格斯尔可汗传》进行文学比较，他认为《格斯尔》史诗里具有变化本领的英雄形象和孙悟空有类似之处。尤其是《格斯尔》第六章描写的故事情节，酷似《西游记》中孙悟空钻进铁扇公主的肚子里逼迫她交出芭蕉扇。其中叙述的是，格斯尔与爱妃一起骑马追杀一只变作母鹿而逃亡的女妖怪时，被女妖怪吞进肚子，于是两人在妖肚中拳打脚踢。妖怪痛得直打滚，只得把他们吐出来。除此之外，《西游记》中出现过不下十次的"虎难"，《格斯尔》亦有相似情节。这些资料，都是《西游记》传播史的重要组成部分，有待日后继续研究。

《后西游记》在日本

如今网上喜欢《后西游记》小说的人很多,虽然《后西游记》在文学史中地位低微,但文本通俗有趣,与《西游记》原著衔接也比较紧密。开篇第三回,小说就把世德堂本《西游记》中唐太宗多得的二十年阳寿,让唐宪宗还了上来,不然"唐家国运,通共该二百八十九年。今太宗名下添了二十年,却不凑成三百零九年了"。十王为事情办得好看些,加加减减,令孙小圣在一旁大笑"生死为赏罚之私囊,则北斗非春秋之铁笔矣",非常讽刺。清人笔记稿本《柳弧》第三九七则"四大奇书"提及《后西游记》,"《后西游记》则尤西堂笔墨,立意骂人。如文明大王、不老婆婆、造化小儿之类。笔歌墨舞,才人吐属"。

《后西游记》共六卷四十回,不题作者之名,题"天花才子点评",或谓即天花藏主人所作。主要的故事情节,说的是唐自太宗贞观年间,求取大藏真经回来之后,人情便崇信佛法,但唐宪宗听信奸佞,既好神仙,又崇佛教,搞得"世道日邪、人心愈伪",

引来愚僧讲经，南瞻部洲再陷危机。由此，西游人物的后嗣、后胤，如花果山复生石猴孙小圣，辅助大颠和尚（赐号半偈者），前往西天祈求真解，途中大颠和尚收猪一戒，及沙弥二徒，遇诸魔，屡陷危难，终达灵山，得真解而返。

1984年，浙江人民美术出版社曾出版《后西游记》连环画17册。虽说是小人书，但改编得很好，提炼了小说主题。其中《破"不老婆婆"》、《战文明天王》流传甚广。尤其是"不老婆婆"一段，写得香艳通俗，物化"金箍棒"为性器，将"玉火钳"之战延展为性暴力的场域。"文明天王"一回，读书人能看得会心，这个妖怪"生得方面大耳，当头金锭，满身金钱，宛然如旧，只手中多了一管文笔，故生下来就能识字能文。又喜得这枝笔是个文武器，要长就似一杆枪，他又生得有些膂力，使开这杆枪，真有万夫不当之勇。又能将身上的金钱取下来，作金刨打人，遂自号文明天王，雄据这座玉架山，大兴文明之教"。文明天王使得作为金钱化身的"金刨"幻化为物质性的法器，金不仅可以当做货币，还能直接当做武器打人（第二十三回，"遂将浑身的金钱刨雨点一般打来"），对人造成伤害。这是《后西游记》塑造西行险难的别致笔法。

2018年，赵兴勤《关于〈后西游记〉研究的几点思考》一文就《后西游记》成书刊印过程再度做了推理爬梳，在他看来，"刘廷玑接触《后西游记》，当在康熙中叶前后。尽管现存的《后西游记》最早刊本似是乾隆四十八年（1783）金阊书业堂《新刻批评绣像后西游记》本，该小说的成书不会早于康熙初年"①。现藏于日本早稻田大学图书馆的务本堂刻《绣像西游后传》，右上角注"圣叹评点"字样，无论是否托名，都对赵兴勤的结论给出了参考，因为金圣叹殁于顺治十八年（1661）。如赵兴勤的推断是对的，那么金圣叹不可能在康熙初年之后完成这部小说的评点，评点者另有其人。

在日本，明治十五年（1882）有松村操译本《通俗后西游记》（春风居士译编，东京书肆兔屋诚版）。我找到了三卷共六回，日文不好只能粗粗翻阅，发现编译本删去了部分诗文。其实第六回也没有译完，文末完整用中文录入了韩愈《谏迎佛骨表》，写到唐宪宗勃然大怒，降旨将韩愈贬作潮州刺史，韩愈怅怅去潮州上任，便戛然而止。卷三文末写着"若此卷太长，以下请参照下卷说明"，并写有"通俗后西游记终"字样。松村操还曾翻译过《金瓶梅》（《原本译解金瓶梅》），同样于明治十五年（1882）出版。据张义宏记载，"1882年至1884年间，《原本译解金瓶梅》陆续出版了5册，发行至第9回因译者去世而中途夭折"（《日本金瓶梅译介述评》）。也许是因为如此，他译编的《后西游记》再没有机会

①
赵兴勤：《关于〈后西游记〉研究的几点思考》，《江苏教育学院学报（社会科学版）》2018年第4期，页31—35。

翻译完。

昭和二十三年（1948），书家尾上柴舟也有译本《后西游记》，序言里说，译本删去了"不老婆婆"这一节，因为它"有损风教"。但这都不是《后西游记》进入日本最早的版本，因为在日本早稻田大学藏有天保五年（1834）木村通明（1787—1856）的《后西游记国字评》手写本，署"默老批评"，可能验证了马兴国的研究成果《〈西游记〉在日本的流传及影响》所指出的，即"早在日本宝历年间，天花才子点评的《后西游记》就已传入日本"，且受到了知识界的喜爱。在这篇九千余字的《后西游记国字评》中，非常详细地介绍了《后西游记》四十回的内容，提炼了取真解一行人路经的妖怪和险难，并同样认为后续故事缘起韩愈。这个理解，很少被《后西游记》研究者重视。其实《后西游记》第六回，借唐三藏之口对孙悟空说："今日韩愈这一道佛骨表文，虽天子不听，遭贬而去，然言言有理。"孙悟空说道："愚僧造孽罪，于佛法无损。韩愈此表，转是求真解之机。且慢慢寻访，自有缘法。"韩愈与"西游故事"的渊源颇深，主要是和《后西游记》密切联结。《韩湘子全传》说佛骨是韩湘子云阳板变化的，第十八回"唐宪宗敬迎佛骨　韩退之直谏受贬"提到"原是殿前卷帘大将军，因与云阳子醉夺蟠桃，打碎玻璃玉盏，谪到下方投胎转世"。第二十四回入话韵语中又出现了"不老婆婆":"茫茫苦海,虩虩风波。算将来俱是贪嗔撒网,淫毒张罗。几能够,翻身跳出是非窝?讨一个清闲自在,不老婆婆。"1993年,郑智勇在《〈后西游记〉与潮人》一文中,还曾分析《后西游记》是一部与潮人密切相关的作品,书中不止一次点名"大颠正是潮州人","韩愈被贬潮州","《后西游记》中与潮州话明显相同相近的语词有四百多"……

我学识尚浅,实难写出更好的论文来考证韩愈与"西游故事群落"的历史关系。不过有意思的是,从《西游记》续书的域外传播历史看得出来,日本人挺喜欢《后西游记》,美国人则喜欢《西游补》多一些。作为一部小说续书,《后西游记》的文学史评价远不如《西游记》原著,也有著名读者挺喜欢《后西游记》,如谭正璧,更说"《后西游记》写不老婆婆事尤妙……"(《古本稀见小说汇考》)但《后西游记》的海外传播历史并不逊于《西游记》,尤其是在日本,很早就有多个译本。续书常常被人所轻视,但它们偶尔也会承担起传播中华文化的功能。

重探《西游记》的域外传播

　　2020年春天，南京师范大学的朱婧老师给我寄了四张卡片，是动画《大闹天宫》的插页，说是在南京一家书店看到的，可能是蒙文。我给研究蒙古学的朋友看，他说这不是蒙文。字符上有很多圈圈，我又问是不是缅甸文，但是没有得到回答，这件事就搁下了。2020年末，在徐州见到了徐州工学院的青年教师赵哲博士，她现在在做一些台港文学研究，本科却学的是尼泊尔语。赵哲一眼就认出，这是僧伽罗语，真让人惊叹。

　　《西游记》与斯里兰卡渊源很深，以这样当代风格的图像成功地进行文化输出，是上海美术电影制片厂的光荣。许多人都谈到过《大唐西域记》中的狮子国就是"僧伽罗"，也就是斯里兰卡古代的名称。义净的《大唐西域求法高僧传》作师子国、师子洲。如今，在斯里兰卡西北角，有一个突出海上的狭长岛叫马纳尔岛，正对着班本岛的最东，当中有一条48公里的海峡，名叫"亚当桥"。在印度著名的史诗《罗摩衍那》中，王子罗摩的妻子被魔鬼

50. වඳුරා ඔරවලා බලලා, මුර දෙයියන්ට මෙහෙම කිව්වා: "ඔයා ගිහිල්ලා ටිකක් විවේක ගන්න. මම තනියම ටිකක් ඇවිදලා බලන්නම්." මුර දෙයියයො යන්න ගිය හැටියෙම, වඳුරු රජ්පුරුවො පිට ගහ උඩට පැනලා, යෝද පුදුම පිරි ගෙඩි කිපයක් කඩාගන කෑවා.

僧伽罗语《大闹天宫》

头子掳走,王子为了救妻,请来了一只名叫"哈奴曼"的神猴,几天时间就在印度与斯里兰卡之间的海峡间架一座浮桥,这座桥就是亚当桥。"哈奴曼"大家都很熟悉,胡适认为是孙悟空的原型。1923年在《西游记考证》一文中,胡适列举了《罗摩衍那》哈奴曼的种种神通:"所以我假定哈奴曼是猴行者的根本。"(但鲁迅不同意,鲁迅认为孙悟空就是中国的猴子。)《西游记》中的朱紫国一难,与《罗摩衍那》中的救妻故事是很相似的，神猴所起到的救援力量、救援技能也很相似。足见不同文化相互影响的力量。

另一些不成气候却让我不断感到惊喜的发现，就是关于《西游记》对日本的影响。学界做这方面研究的学者不少，仍有难以成文的边角料信息很少被谈论到。如大正九年（1920），中岛茂一曾经翻译过《西游记》，署名中岛孤岛。中岛孤岛1878年生，是日本的小说家、评论家、翻译家，1899年东京专门学校（现早稻田大学）毕业。这个译本中的观音图像，长得很像圣母玛利亚。据说，"圣母玛利亚"在日语里翻译为"マリア観音"，就是"玛利亚观音"。江户幕府时代有禁信仰令，只能信佛教。于是天主教信徒就用观音来代替圣母玛利亚供拜，日久而融（转引微博"文物医院"）。幕府禁教非常严酷，远藤周作有一部小说《沉默》说的就是那个时代的事，后来还被翻拍成电影，由马丁·斯科塞斯执导，曾在上海电影节上映。在2019年华东师大中文系主办的西游记高峰论坛上，我见到了香港中文大学的吴晓芳博士，她曾研究《西游记》英译史，关注到了晚清天主教汉文护教文献中出现的"西游记"元素，例如有些佛教神像图像中会出现"鸽子"等天主教的符码。在中国台湾地区，"玛利亚观音"的图像也很多。

中岛孤岛译《西游记》及书中鱼篮观音图像

　　在中国台北求学时，我发现当地中国文学所
的《西游记》研究是非常传统的。而日据时期，
亦有《西游记》传播改编的史料。如1942年，西
川满曾以"刘氏密"为笔名在《国语新闻》上连
载《西游记》。西川满有两次翻译《西游记》的经
历，与其说翻译，不如说是改写。1942年，他翻译
的《西游记》5卷，曾引发热卖。战后通货膨胀，
中山省三郎介绍八云书店给当时经济拮据的西川
满，再次出版《西游记》，此次是3卷本，由宫田弥
太郎绘制封面。20世纪50年代，这套3卷本《西

西川满译《西游记·火云卷》　　　峯梨花绘、君岛久子译《西游记》

游记》又在日本新小说社再版。我曾收一本昭和四十三年（1968）年峯梨花所画的《西游记》，她和手工书之魔西川满多有合作。1987年，西川满的《女怪西游记》，也是由峯梨花画封面，发行量非常少。秋天的时候，百城堂书店林汉章先生替我找到了一本。

最奇特的发现，要属一张杂志插页。1916年，日本发行《飞行少年》杂志，鼓舞热血少年展开飞行扩张的决心。自从莱特兄弟发明飞机以来，美、英、法、德等工业强国都开始了自己的飞机制造探索之路。作为后进国家的日本先后派遣军人前往欧美诸国学习航空技术，并积极购买航空器材回国研究。据wiki上关于日本航空历史的大事年表记载，"1910年12月14日，日本陆军的日野熊藏大尉驾驶着德国制的格拉德单翼机完成了在日本上空的首次飞行"。这是日本的航空之梦开始之原点。和田博文有一本《飞行之梦1873—1945》，书中提到过一个人，叫尾崎行辉，1888年生，是一个飞行器工程师。他曾在《毕业飞行感想》一文中，提到自己的偶像，是踩着筋斗云的孙悟空。在那个年代，飞行是一件非常危险的事。据说1914年以前，英国飞行员上天后的平均寿命是7天。林徽因的《哭三弟恒》、白先勇的《一把青》都曾描写到中国飞行历史的严酷。1920年，这本《飞行少年》杂志第6卷发行，配套印刷了一张《孙悟空西游记双六》的大图，图上有多处战场画面，与中国猴模仿两宋僧侣行者的锦布直裰穿着不同，图中猴子更像是武士战阵铠甲的装束，也没有什么虎皮裙。猴子是我们的猴子，但衣服不是我们的衣服。孙悟空的形象居然被运用于侵略战争，甚至成为战斗偶像，这多少有些讽刺。但从《西游记》传播角度来说，还是让人惊叹中华文化的影响力。

1945年，张光宇画成彩色漫话《西游记漫记》，

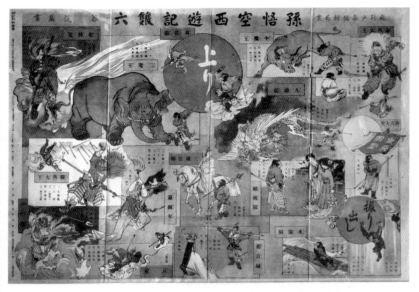

印刷画《孙悟空西游记双六》,大正九年(1920)

长79cm,宽54cm

借用西游人物讽刺动荡时局,其中有日军"无条件投降"图像。对照来看,"战争"与西游故事改编亦有复杂的、发人深省的关系。

读《续西游补》杂记

　　2021年1月，我去杭州参加了《西游补》新书分享会。2020年7月，由浙江外国语学院教授赵红娟领衔校注的新版《西游补》于浙江文艺出版社出版。赵红娟教授以《明遗民董说研究》一书闻名，也是《西游补》的研究专家。纸上相逢，第一次见到她，我感到非常高兴。

　　《西游补》是董说在他21岁那年所写的白话小说，从百回本《西游记》第六十一回"孙行者三调芭蕉扇"补入，开宗明义是要为原著中从未经历情难的孙行者补上这一难，使他"走入情内、见情根之虚；走出情外，见道根之实"。这也是"西游故事"自《大唐西域记》开始，《取经诗话》中引入"猴行者"形象以来，孙行者首次替代唐三藏成为了唯一的小说主角。《西游补》与原著结构的关系，很像是《金瓶梅词话》与《水浒传》的关系。而"情梦"的构造，又与《聊斋志异》"画壁"篇中"越界"的写法相似，是佛教的表达方式，董说是一个虔诚的佛教徒。《西游补》曾受到许多知名学者的喜欢，尤其在美国汉学界影响很大。据2019年出版的《夏志清夏济安书信集》(卷三：1955—1959)中记载，1955年，夏济安书信中在谈到《西游记》："读了一遍《西游记》，不大满意，八十一难很多是重复的，作者的想象力还不够丰富。"但在另一篇文章里，夏济安认为"董说的成就可以说是清除了中国小说里适当地处理梦境的障碍。中国小说里的梦很少是奇异的或是荒谬的，而且容易流于平板。……可以很公平地说：中国小说从未如此地探讨过梦的本质。"（《西游补：一本探讨梦境的小说》）所以，夏济安认为，《西游记》这部续书的文学价值甚至超过了原著。这在续书研究领域是很少见的事。

寒假里闲来无事查阅民国刊物，在1932年出版的《燕京月刊》第9卷第2期，找到了一部《续西游补》，作者署名为"刚子"，引起了我的兴趣。续古代小说续书倒也不是稀奇的事，《金瓶梅》就有续书《续金瓶梅》、《隔帘花影》、《金屋梦》，《红楼梦》的情况下就更为复杂。这部《续西游补》共四回，几乎没有研究历史。文末写了一段话：

刚子上月问郑振铎先生借了一本静啸斋主人著的西游补，念了三遍尚不舍得奉还，它是一本寓意很深的讽刺小说，不像续西游记和后西游记专模仿西游记，它是以新奇想象和清雅文字来表现作者高尚的情绪和深刻的悲哀的。有至情至性的人，不可不读。

刚子续西游补，仅表示与作者同情，非敢"狗尾续
貂"，顺及。

刚子于燕大女生宿舍

二一，一一，三○

这位作者"刚子"，在燕大女生宿舍写作，认识
郑振铎，问他借书前，已经读过《西游记》和明末清
初另两部《西游记》续书，对《西游补》的评价也
很高，实在是令人好奇她的身份。经过粗略的查
阅，同时期署名为"刚子"的报刊信息很少。仅于
1937年3月25日《申报》"第五张"，"通俗讲座"第
五十三期，写过一篇《淳于缇萦：一个身在重男轻
女的社会，舍身救父的女儿》。上海《申报》副刊的
定期专栏"通俗讲座"是1936年定期发刊的栏目，
带有浓重的学院性格，内容包括论文、传记、书评和
通信等。主编挂名为顾颉刚，实际负责人是燕京大
学国学研究所毕业，时任北平研究员史学研究所的
编辑的吴世昌，以及当时在燕大、辅仁国学研究所、
经济系和英文系就读的学生郑侃燧、连士升等（见
《顾颉刚年谱》）。《燕大月刊》曾于第八卷改名为
《燕京月刊》，这篇故事是个白话小说，改写历史典
故，通过对话等现代小说的方式表现了连连得女的
父亲的失望，和后来态度的转变，写得非常生动，和

《续西游补》文风也很谐恰，作者还是一位性别观念先锋的女性，真是令人惊叹。

　　小说直接接续在《西游补》故事之后，孙行者被虚空尊者唤醒，杀死了迷他的鲭鱼精，克服了情难，回归了队伍。没想到唐僧和猪八戒叫渴，沿路又出现了长得像黄梅的"渴果"，极像陷阱，唐僧和猪八戒不听孙悟空劝告，结果越吃越渴。唐僧求悟空找观音，寻一滴甘露解难。悟空偷懒，看路上有一头黄牛，就想着打杀它，以黄牛血骗师父是观音手中被胭脂染红的甘露水。没想到再遇一难。行者觉得自己被一股热气包围，其实已进入黄牛精设下的妖境。询问土地之后，得知今天是世界末日，东天大帝要来审判世人。行者觉得所遇之事太过离奇，以为是黄牛精作祟，结果土地说了更惊人的话，说"东天大帝就是唐玄奘"。没等孙行者反应过来，他就看到天上一片悠扬乐声，师父踩着黄牛正做判决，黄牛精原为黄色世界主人翁。与《西游记》中"生死簿"相似的是，小说里出现了可以修改的"生命册"。第二回孙悟空走到凌霄殿，居然还遇到了幽怨的张飞，张飞患着"望穿眼"症，为孙行者指路黄色世界。黄色世界里有所妖气弥漫的学舍，谈论着陈腐的治国之道，直至台上瘦弱的讲师露出了猴子的尾巴。原来，那位讲师是个猴子。行者还想找寻黄牛精，一路又走到了禁烟街、纪功坊，曹操因工于心计，成为了纪功坊司令，曹植也参与刑名法律的制定。屈原曾来诉冤，晁错又来指责，到了大禹治水，急功求赏，是非多得不得了。孙行者大开眼界，又到贞女坊、贞男巷，男女都爱钱，月老作威作福，孙悟空化身贞女，想起《西游补》中曾经游历的青青世界，跟人哼起英文情歌。不知不觉，他发现金箍棒遗失了……最后，孙行者被唐三藏大叫"悟空、悟空"的声音惊醒，原来又是一场怪梦。大家依然很渴，黄牛也在一边喘气，孙悟空只得重新出发去取水。

《续西游补》基本仿拟《西游补》的险难设置，妖怪不是一个具体的对象，而是一个新的空间，这个新世界带有西方神学色彩，可能与作者在燕京大学求学的经历有关。和《西游补》一样，孙悟空也遇到了一些历史人物，甚至小说人物，他还能想起《西游补》中自己经历过的幻梦世界，原著《西游记》的痕迹早已缩减为取经框架和大闹天宫的记忆而已。"西游故事"元素曾出现在晚清天主教汉文护教文献中，晚清以降，基督教和佛教的相遇是中西方文化交流的史实。如19世纪末，李提摩太英译的《出使天国：一部伟大的中国史诗和寓言》(A Mission To Heaven: A Great Chinese Epic and Allegory)是第一本较为系统的《西游记》英译本。但是，由一个中国女学生改写《西游记》续书《西游补》的过程中，纳入了文化交流、历史对话、现代法律、甚至前沿的性别议题、对婚姻的看法等问题，是非常值得关注的事情。她才华横溢，文笔也很清新，对历史、宗教、时世都有创造性的看法，她的作品是《西游记》续书研究长期忽略的史料。

"刚子"到底是谁呢？ 2018年第4期《随笔》杂志有一篇文章《斯人郑侃嬿》（朱洪涛文）。文中提及20世纪30年代顾颉刚以燕京大学为基础办刊物从事抗日活动的一些信息，其中提到了顾颉刚非常欣赏的郑侃嬿。"顾见其在《燕大月刊》（当月刊物更名为《燕京月刊》）所作《西游记补》（应为《续西游补》），赏识她'文笔极清利，且有民众气而无学生气，最适合民众教育'。"我查阅了《顾颉刚日记》多卷，1932年，他看了《啼笑因缘》、《雪鸿泪史》、《平山冷燕》等通俗故事，但没有提到《西游补》[①]。不过，笔名为"刚子"的学生很有可能的就是郑侃嬿。可惜，1938年郑侃嬿病逝于香港，时年32岁。这位名叫"刚子"的女学生与燕京大学教育史、燕京大学数量众多的出版物之间的关系，还有待日后继续研究。

①
后经杨煜先生提醒，《斯人郑侃嬿》一文中顾颉刚对郑侃嬿的评价，引自顾颉刚1933年3月16日的日记。详参杨煜2022年10月5日发表于"上海书评"的《"不知嫉妒为何事，但瞩光明益向前"：关于郑侃嬿》一文。

《西游补》域外研究述评补正

关于《西游记》续书研究，一般认为，明末清初所出现的"西游"续书有《西游补》（十六回）、《后西游记》（四十回）、《续西游记》（一百回）等。随着这些作品的出版传播，相应的文学评论也陆续产生，作为简明的文学评价和介绍散见于作品的序言、后记，以及明清时期的文人笔记中。一般而言，这些评价讨论了相关作品的创作目的、内容结构及思想价值，并逐步形成了"续书研究"的框架，为明清小说续书研究者提供了参考。

鲁迅的《集外集拾遗》中《关于小说目录两件》篇、孙楷第的《中国通俗小说书目》卷五《明清小说部乙》篇，以及柳存仁的《伦敦所见中国小说书目提要》①中的第七篇和第八篇，都以目录学对《西游记》续书的相关版本、存目做过介绍。其中，董说所作《西游补》始终是最受关注的《西游记》续书作品之一，文学评价也最高。从20世纪60年代末开始，海外学人对于《西游补》的发现推动了相关汉学研究的关注。早在1978年，《西游补》出版了英译本②，

①

柳存仁：《伦敦所见中国小说书目提要》，北京：书目文献出版社，1982年，页53。

②

1981年12月，柳无忌于台湾《清华学报》刊文指出几处错译："唯以秦桧妻王氏译成a certain Mr. Wang为大误，其余仅为美玉之瑕疵。"《英文本董说评传（Frederick P. Brandauer 著）及西游补》，《清华学报》，1981年12月，页270。

《西游补》作者的董说有了英文版评传《董说评传》。

一、《西游补》早期英译本及作者评传的出现

经过鲁迅[①]、夏济安、夏志清、周策纵等著名评价的加持，《西游补》的文学评价一直不低。夏志清、夏济安合写过《两部明代小说的新透视：〈西游记〉和〈西游补〉》(*New Perspectives on Two Ming Novels: Hsi Yu Chi and Hsi Yu Pu*)，收在周策纵编的《文林：中国人文研究》卷一(1968)。《文林》第二卷(1985)收有Karl S.Y. Kao(高辛勇)的论文《〈西游补〉与叙述理论》[②]。此外，美国汉学家F. P. Brandauer(白保罗)写作了博士论文《〈西游补〉评介》[③](1973)和论文《作为中国小说里神话创作范例的〈西游补〉》(*The Hsi-Yu Pu as an Example of Myth-Making in Chinese Fiction*)[④]、《西游补和它的讽刺世界》(*The Hsi-Yu Pu and Its World as Satire*)[⑤]，并在1978年出版了专著《董说评传》(*Tung Yüeh*)。《董说评传》由作者的博士论文改成，适逢纽约Twayne出版社刊行了一套中国作家传记丛书，出版有多种传记。白保罗参用刘复编的新式标点本，及有辛巳中秋嶷如居士序的原刊影印本。在正文开始前，有一页董说生平简略年表，也是参照刘复《西游补作者董若雨传》所成，采用了比较文

① 鲁迅赞其"造事遣辞，则丰赡多姿，恍惚善幻，奇突之处，实足惊人，间以俳谐，亦常俊绝，殊非同时作手所敢望也"。鲁迅著：《中国小说史略》，上海：上海古籍出版社，1998年，页122。

② 高辛勇：《"西游补"与叙事理论》，《中外文学》第12卷第8期，1984年，第5—22页。据附注，该篇为英文原作改短而成，原文载于《文林》卷二。Karl Kao, "A Tower of Myriad Mirrors: Theory and Practice of Narrative in Hsi-yupu," *Chinese Literature: Essays, Articles, Reviews*, 5: 2.

③ 白保罗使用的版本是香港商务印书馆于1958年出版的附录有刘复所撰《西游补作者董若雨传》、汪原放加新式标点的《西游补》。

④ 赵红娟在《〈西游补〉的境外传播与研究及其学术理路》一文中详细介绍了白保罗这篇文章的研究的理路。

⑤ Frederick P. Brandauer, The Hsi-yu pu and Its World as Satire, *Journal of the American Oriental Society*, Vol. 97, No. 3 (Jul.−Sep., 1977), pp. 305−322.

学派的批评方法来分析一部十七世纪的中国小说。白保罗所谈到的三个"世界"实际上也就是他的老师刘若愚(James J.Y. Liu)首译《人间词话》时所用的"境界"(World),参见1962年刘氏所著《中国诗学》(The Art of Chinese Poetry)。所以三个世界,既不是"三界",也不是《西游补》小说中所构建的"青青世界"、"古人世界"、"矇瞳世界",而应当理解为"梦境"、"讽刺"与"神话"。

在这本书出版以后,美国出现了不少重要的书评,书评作者有美国汉学家葛浩文(Howard Goldblatt)[1]、荷兰汉学家、哈佛大学教授伊维德(W. L. Idema)[2]、美国汉学家何谷理(Robert E. Hegel)[3]、美国汉学家、匹兹堡大学教授柯丽德(Katherine N. Carlitz)[4],以及美国佛教文学研究专家、学术编辑Robert M. Somers,[5]很少有中文研究者讨论到这批评价的细节。如柯丽德就对白保罗的理论使用提出了非常尖锐的批评:

白保罗对某些评论者的引用,时有卖弄学问(pedantic)、言过其实之虞,譬如有学者断言,文本对寓意的诠释过于单调和单一(p80),而这样的观点本身即是建基于对寓言狭隘和单一的定义。另外,白保罗对传统中文叙述的观点(pp64-66),存在一种刻意为之的连贯性(be made more coherent),超出了现有阶段

① Howard Goldblatt, Review, *World Literature Today*, Vol. 53, No. 4 (Autumn, 1979), pp. 743.

② W. L. Idema, Review, *T'oung Pao*, Second Series, Vol. 66, Livr. 4/5 (1980), pp. 295-297.

③ Robert E. Hegel, Review, *Chinese Literature: Essays, Articles, Reviews* (CLEAR), Vol. 4, No. 1 (Jan., 1982), pp. 140-141.

④ Katherine N. Carlitzl, Review, *Journal of the American Oriental Society*, Vol. 102, No. 1 (Jan.-Mar., 1982), pp. 141-142.

⑤ Robert M. Somers, Review, *The Journal of Asian Studies*, Vol. 41, No. 3 (May, 1982), pp. 572-573.

①
Katherine N. Carlitz l, Review, *Journal of the American Oriental Society*, Vol. 102, pp. 141. 引文部分为自译。

②
Li, Susana (Wai-yee Li), The Fantastic as Metaphor: Tung Yüeh's Hsi-yu pu and Todorov's Theory of the Fantastic, in Essay in *Commemoration of the Golden Jubilee of the Fung Ping Shan Library (1932–1982)*, ed. Chan Ping-Leung et al., pp. 248–280. Hong Kong: University of Hong Kong, Fung Ping Shan Library, 1982.

③
上世纪八十年代末中国学界还出现了一些借用西方术语、并非严格按照西方理论来诠释《西游补》文本的现象，如陈冬季撰《变形、荒诞与象征——论"荒诞"小说《西游补》的美学特征》，《明清小说研究》，1989年2月，第144—155页；柴荣珍撰《优美的荒诞 清醒的空幻——《西游补》初探》，《湖州师范学院学报》，1989年1月，第41—44页等。但《西游补》进入学术视野更多与《斩鬼传》、《儒林外史》一起讨论的面向是"讽刺艺术"。

的知识真正涵括的范畴，比如，没有人能够确信，现存的中文短篇小说与宋、元、明朝代的文本中所提到的职业公会（professional guilds）之间有怎样的关联。仅仅将地方短篇小说的起源回溯至说书人的口耳相传，无疑忽略了被许多现在的地方小说、甚至是早年的地方小说所仰赖的文学传统，在第九章中，白保罗将《西游记》视为一种虚构的神话类型，而这是只有搞精神分析的学生才会采用的研究观点。当然，白保罗也有提出自己有趣的观察，他认为《西游补》可能反映了十六世纪中期弥漫于中国文人界那种反传统（iconoclasm）的焦虑，其实这也不过是对荣格和弗氏无意识理论（unconscious）的拿来主义。①

1977年，中国台湾地区学者林佩芬于《幼狮文艺》第45卷第6期发表论文《董若雨的西游补》；1981年，傅世怡发表《西游补初探》，并于台湾学生书局出版。1982年，美国哈佛大学的李惠仪（Wai-yee Li）曾发表《怪诞的隐喻：董说的〈西游补〉与托多洛夫的怪诞理论》②一文，可能影响了后来刘燕萍、张治将西方语境下的"怪诞小说"与《西游补》做联结的研究理路③。1978年，林顺夫（Shuen-fu Lin）、舒来瑞（Larry J. Schulz）所译英文版《西游补》（*The Tower of Myriad Mirrors: A Supplement to Journey to the West*）出版，全译原书16回，包括所有诗文，书名则更改为《西游补》中著名场景"万镜楼"。舒来瑞博士在译本开篇做了简介。译本出版以后，何谷理写了书评。[①]2005年，林顺夫发表《试论董说〈西游补〉"情梦"的理论基础及寓意》[②]，认为《西游补》的"情梦"理论可能受到《心经》和《圆觉经》的影响。Mark F. Andres在《淡江评论》1989年秋季号上发表过《〈西游补〉中禅的象征体系：猴子之悟》(Ch'an Symbolism in Hsi-Yu Pu: The Enlightenment of Monkey)。1990年，白保罗(Frederick Brandauer)在〈西游小说中的暴力与佛教理想主义〉(Violence and Buddhist Idealism in the Xiyou Novels)[③]一文中借《西游记》、《西游补》、《后西游记》三个文本讨论到"西游故事"中的暴力问题。在他看来，无论是孙行者棒杀"春男女"还是唐僧成为"杀青大将军"上了战场都颇具深意，而血腥地处理地狱审判秦桧的章节与佛教背景的小说基调看似并不协调。

赵红娟曾爬梳域外《西游补》的出版情况[④]，作为中国大陆《西游补》研究专家，赵红娟对这一领域中文文献的掌握全面，在《明遗民董说研究》一书附录中列举了域外研究《西游补》的学术成果，成为了重要参考依据。其中《〈西游补〉的境外传播与研究及其学术理路》一文中有一处误植。文中提到刘小联(Xiao-lian Liu)的《佛心的

①
Robert E. Hegel, Review, *Chinese Literature: Essays, Articles, Reviews* (CLEAR), Vol. 4, No. 1 (Jan., 1982), pp. 140。

②
林顺夫：《试论董说〈西游补〉"情梦"的理论基础及寓意》，收于钟彩钧主编《明清文学与思想中之情、理、欲——学术思想篇》，台北："中研院"中国文哲研究所，2009年，页245~328。

③
Frederick Brandauer, *Violence and Buddhist Idealism in the Xiyou Novels*, Violence in China: Essays in Culture and Counterculture, Edited by Kipman Jonathan N. and Harrell Stevan., University of New York Press, 1990, pp.115~148.

④
赵红娟：《〈西游补〉的境外传播与研究及其学术理路》，《浙江外国语学院学报》2011年3月第2期，页47。

〈奥德赛〉:〈西游补〉的讽喻》（*The Odyssey of the Buddhist Mind: The Allegory of The Later Journey to the West*）一文，为刘小联1992年在美国华盛顿大学写作的美国博士论文。根据华盛顿大学图书馆记录[①]，论文中显示作为研究对象的这本续书，作者为"匿名中国作者"（anonymous Chinese author），内容则"描述了更年轻一代的取经人（younger generation of the original pilgrims）到灵山寻求真解（true teaching of the scripture）"。这其实是《后西游记》的故事内容。这篇1992年出版的博士论文，评委主席是汉学家何谷理（Robert E. Hegel）。在2002年第6期的《运城高等专科学校学报》上，有作者署名为刘小联、咸增强翻译的文章《心路历程〈后西游记〉的根本寓意》，作者为美国华盛顿大学研究人员，其研究内容也与本文的推论相同。《明遗民董说研究》一书附录四第71则[②]，刘小联的论文项标注为"未见"，且注记"以上西方学界研究《西游补》的七篇论文，笔者未见。篇名或见于柳无忌《英文本董说评传及〈西游补〉》,《清华学报》第13卷第1、2期合刊，第265—271页；或见于黄鸣奋《英语世界中国古典小说之传播》，上海学林出版社1997年版，第207页"。黄氏的著作是20世纪90年代大陆学者了解海外汉学研究成果的重要路径之一，恐怕是后世学者误植的原因所在。

①
Dissertation Abstracts International, Volume: 53-09, Section: A, page: 3203。

②
赵红娟:《明遗民董说研究》，上海：上海古籍出版社，2006年，页524—525。

二、《西游补》独立文学价值被确立

值得注意的是在1982年，Robert M. Somers为白保罗所著《董说》写过一篇书评。Robert M. Somers开宗明义地表示，白保罗教授仔细而深思的研究揭示了董说的"补作"具有了独立于受其启发的原书的独特品质（qualities）。脱离原书的《西游补》具有独立的价值，它应该被视为原作的华彩乐章（cadenza），而不是派生（derivative）的努力。[①]汉学家何谷理（Robert E. Hegel）从插图的角度分析过《西游补》，[②]并且指出《西游补》最早的版本形制较大，纸张的尺寸和字的大小表明这是一个较为昂贵的产品，这也响应了李前程的说法。谢文华同意何谷理早年认为的"《西游补》一书当先后历经董斯张、董说父子手笔而成"。[③]但他尚未以明确的方式链接"插图"与明代视觉语言之间的深层关系。如果说就人物而论，《西游补》中的孙行者形象达到了"西游故事"中聚焦的顶峰——行者成为了唯一的主角，那白保罗的相关视角则聚焦到了"万镜楼"上。周策纵、余国藩、萧驰等学者在谈论

①

Robert M. Somers, *Book Reviews, China and Inner Asia,* for *Tung Yüeh,* By Frederick P. Brandauer. (Boston: Twayne, 1978), p. 178. Selected Bibliography, *The Journal of Asian Studies, Volume 41, Issue 03, May 1982,* pp. 572−573。

②

Robert E. Hegel: Robert E. Hegel: "Picturing the Monkey King: Illustrations and Readings of the 1641 Novel *Xiyou bu.*" *In The Art of the Book in China.* (London: London University School of Oriental and African Studies, 2006; Percival David Foundation Colloquies 23) pp. 175−191. Translated as "Tujie Houwang: 1641 nian xiaoshuo Xiyou bu chatu" 图解猴王：1641年小说《西游补》插图. *In Shiqi shiji Zhongguo xiaoshuo* 十七世纪中国小说（forthcoming）。值得注意的是，何谷理认为董斯张和董说共同完成了《西游补》，董说之所以完成了父亲生前没有完成的作品，是出于孝顺的原因（a fitting act for a filial son）（自译）。该论文2016年有一个新译本，由北京大学傅松洁译，题为《画出猴王：崇祯本《西游补》插图研究》，收于《国际汉学研究通讯（第十二期）》，北京：北京大学出版社，2016年，第139−154页。

③

谢文华：《论〈西游补〉作者及其成书》，《成大中文学报》，第二十四期，2009年4月，页135。谢文华的创见是提出了下落不明的"梦历"与《西游补》的关联性。也推论"静啸斋主人"为父子二人，但同时又认为子承父号于孝于理皆有所违，这恰恰与何谷理的"孝顺"说成为映照。

①
"小说的作者静啸斋主人董说实际上扮演了类似警幻的角色，或者警幻在《石头记》中替代了《西游补》的声音。对于《石头记》和《西游补》这样以佛学概念为结构框架的作品，还应当指出这一母题可能的佛学渊源——大乘佛学许多经典讨论的'顺权方便'。""从救赎母题而言，《石头记》的确很类似《西游补》，二者皆是关于'（认知迷悟意义上的）情梦和最终觉醒的故事'。"萧驰：《从互文关系论〈石头记〉的悖论叙事主题》，《汉学研究》第16卷第2期，1998年12月，页356、366。

②
"过去有好些人已指出《红楼梦》受了《西厢记》、《西游记》、《水浒传》、《金瓶梅》等，甚至《离骚》的影响。我向来认为它更可能受过明朝崇祯十三年（1640）董说（1620—1686）作的《西游补》的一些影响。"周策纵：《〈红楼梦〉与〈西游补〉》，收于《红楼梦案——弃园红学论文集》，香港：中文大学出版社，2000年，页117。

③
关于这部书的专业评论有：Liangyan Ge, *The Journal of Asian Studies*, Vol. 64, No. 2 (May, 2005), pp. 450−451。Wilt L. Idema, *T'oung Pao*, Second Series, Vol. 91, Fasc. 1/3 (2005), pp. 219−223。Chi Xiao, *Chinese Literature: Essays, Articles, Reviews* (CLEAR), Vol. 28 (Dec., 2006), pp. 207−210。Louise Edwards, *China Review International*, Vol. 12, No. 1 (SPRING 2005), pp. 154−156。

④
李前程：《〈西游补〉校注》，前言，北京：昆仑出版社，2011年，页47。

《红楼梦》时不约而同提到了《西游补》，其中萧驰指出两书可能具有相同的母题，[①]周策纵认为《红楼梦》可能受到《西游补》的启发与影响。[②]无论是关于"梦"、关于"情"，还是关于宗教、救赎的母体，《西游补》都能与整个中国传统文脉勾连、互动。海外汉学家的努力，加之鲁迅等人著名的评价，多少影响和规定了后世学者对于《西游补》价值的认定。

留美学者李前程2004年在夏威夷大学出版社出版了《悟书：〈西游记〉〈西游补〉和〈红楼梦〉研究》（*Fictions of Enlightenment: "Journey to the West, " "Tower of Myriad Mirrors, " and "Dream of the Red Chamber"*）[③]。在校注《西游补》（北京：昆仑出版社，2011）的过程中，李前程以前言的方式写作了重要的研究文章，内容涵盖了《西游补》的作者问题（后为赵红娟所否定）；《西游补》的明、清版本问题；《西游补》的主题和艺术特征。李前程盛赞《西游补》"无论以明清时代的标准衡量，还是以现代的标准衡量，该书在艺术上的成就都是巨大的"。[④]同样是2004年，在黄卫总（Martin W. Huang）的《狗尾续貂——承衍、续书、重写与中国小说》①(*Snakes' legs: Sequels, Continuations, Rewriting, and Chinese Fiction*)一书中，李前程写作了一个章节《猴形象的变化：西游记续书与内部转向》(Transformations of Monkey: *Xiyou ji* Sequels and the Inward Turn)，这也是目前海外"续书研究"最权威的著作之一，其中有专节讨论到《西游补》。李前程敏锐地注意到《后西游记》的第三十四回"蜃妖"同样吸入了取经人，两个文本之间具有一些"神秘的雷同"(uncanny parallels)，"可能表示董说同时对《西游记》续书作品做了出响应"。②

三、《西游补》成为《中国文学指南》
　　　上的独立词条

　　海外文献中比较重要的还有1986年美国著名汉学家、中国古典文学翻译家倪豪士(William H. Nienhauser Jr.)在主编 *The Indiana Companion to Traditional Chinese Literature, Vol. 1*(《印第安纳传统中国文学指南》)③一书中，曾接续《西游记》的介绍有一节专门介绍《西游补》。该书是一部较早集结英文为母语的中国文学学者的群体项目，由十篇介绍性论文(关于佛教文学、戏剧小说、文学批评、诗歌、大众文化、散文、修辞学、道教文学)组成，附有几百篇关于个体作家和作品的条目，④《西

①
Martin W. Huang, *Snakes' legs: Sequels, Continuations, Rewriting, and Chinese Fiction,* "Introduction", (Honolulu: University of Hawaii Press, 2004)。

②
自译。Martin W. Huang, *Snakes' legs: Sequels, Continuations, Rewriting, and Chinese Fiction*, pp. 65。

③
William H. Nienhauser Jr., *The Indiana Companion to Traditional Chinese Literature, Vol. 1*, (Bloomington: Indiana University Press,1986), pp. 418–420。

④
转引自伊维德(Wilt L. Idema):《关于中国文学史中物质性的思考》，丁涵译，《中正汉学研究》，2013年第一期(总第二十一期)，2013年6月，页4，注释9。

游补》是其中之一。词条成文时间要晚于何谷理1967年《当猴子遇到鲭鱼——中国小说〈西游补〉研究》(*Monkey Meets Mackerel: A Study of the Chinese Novel His-Yu Pu*)的硕士论文、1968年刊出的夏济安所撰《两部明代小说的新透视:〈西游记〉和〈西游补〉》、1978年白保罗的博士论文《〈西游补〉研究》(*A Critical Study of the His-Yu Pu*)。1978年《西游补》英译本出现以后,西方世界到1985年以后才出现一系列新的研究成果,[①]这个词条的出现意味着《西游补》的文学地位在海外汉学界趋于稳定。

词条第一部分简要介绍了董说生平,第二部分则介绍了《西游补》的故事是如何嵌入(inserted)《西游记》第六十一回火焰山的情节中,但在小节后半部分加诸了重要的评论,该评论认为,《西游补》虽然是基于《西游记》虚拟的现实设置展开的、并遵循《西游记》的叙事传统,新的文本值得注意的地方是,它包含了许多荒谬的情节和如梦似幻的事件,这改变了《西游记》奇幻叙事的传统模式。若我们仔细审视文本,虽然其中出现的事件不甚连贯,但事实上却展示了多元的意义与复杂的结构,而这也使得该文本成为了中国历史上少数语言意义上的"多义小说"。在第三部分,词条详细介绍了《西游补》的情节内容。第四部分则对《西游补》以

①
以赵红娟统计为参考,有高辛勇的《董说的〈西游补〉》,收于周策纵编《文林:中国人文研究》第二卷,威斯康星大学出版社,1985年;安德烈斯(Mark F. Andres)的《〈西游补〉中禅的象征体系:猴子之悟》(Ch'an Symbolism in His-Yu Pu: The Enlightenment of Monkey),《淡江评论》1989年秋季号。

往所使用的研究理路作了总结和评价，并纳入了新的研究视角供参考，如字汇游戏与奇幻文学类型之间的关系：

　　由于本身所具备的丰富意涵，对该小说的研究与评论日趋细致，包含对其讽刺性（satirical）、神话性（mythological）、宗教性（religious）以及心理学（psychological）等各层面的言论识见。就其蕴含的政治讽喻要素而言，我们可以从文本中对科举制度、审问秦桧或暗示其他历史人物的场景勾勒中一窥究竟；至于神话面向，则能在幻境中的磨难与冒险情节中得到印证，从情欲阶段、经历幻境至最终的救赎（或启蒙），不难发现恰与追寻神话的模式相契；与此同时，该文本也可透过精神分析的角度解读，一系列超现实主义（surrealistic）的图景与事件，正象征了猴王在最初与罗刹女交手时、因焦虑而起的梦境经历；当然，整个小说朝圣之旅的叙事框架，也包含了自我与意识的宗教主题，精神建构的幻境叙述，以及能够体现作者哲学洞见的非二元论（nonduality）概念。

　　值得一提的是，在浩如烟海的中文小说里，该文本罕见地、有意识地体认到了叙述（narrative）与叙述形式本身（narrative form）在反身性的创造（self-reflective act of creation）过程中潜在的语言学特质。这种反身性意识（reflexive consciousness）一方面可在文本与《西游记》建立的互文关系（intertextual relationship）中得到印证，另一方面，也可以在主叙述与其他嵌套故事的互文中看到，如项羽对其过往的丰功伟绩所进行的神话式复述，或是万镜楼里盲人乐师吟诵的弹词《西游》。对大量其他文学文类（genre）的改编（adaptation）与整合（incorporation），也显示出文本与叙述形式的一种试验。从语言学与语艺学层面而论，文本不啻仅为符号所渗透（红色与绿色象征情欲的符号俯拾皆是），同时也显现出丰富多样的字汇游戏（word play）与譬喻表达（figuration）。譬如，加诸秦桧的责罚情节，正是言说人物的一种文本化（literalization）；而像小月王与鲭鱼精这些核心的点题人物，则源自于一种语言学的想象：如"小""月""王"三字实则来自"情"字的某些组成部分，"鲭"字就音似"情"字，也是依循同样的"同音异形异义"（homophone）的语言学逻辑。综述之，撇开简短扼要的特点，该小说挖掘到了叙述所具备的形式语义（formal property）特质，代表了在传统中国文学界兴起的一种前所未有的奇幻文学类型（fantastic mode）。①

①
William H. Nienhauser Jr., *The Indiana Companion to Traditional Chinese Literature, Vol. 1*, (Bloomington: Indiana University Press,1986), pp. 419-420。引文部分为自译。

词条以不短的篇幅论述了《西游补》在语言学上所可能展开的新理路，也是比较早就意识到这一文本在中国文学史上具有少见语言学价值的论断。

四、域外《西游补》研究补正与反思

同样非常重要又为人忽略的海外文献还有1997年，美国卡拉马祖学院（Kalamazoo College）的朱陈曼丽（Madeline Chu）所发表的一篇名为〈情欲之旅：《西游补》中猴子的世俗经历〉（Journey into Desire: Monkey's Secular Experience in the Xiyoubu）①的文章，她首次将《西游补》与"续书研究"理论联系在一起进行考察，指出了十七世纪中国知识分子在面对外部复杂的政治环境时，有了转而追寻人的内在价值的思想转向，并认为这正是《西游补》产生的时代背景，应当将这种由外向内的思想转向纳入到《西游补》的研究视角中。

文中提到一些重要的结论如下：

过往评论多聚焦于探讨续书与原著的连贯性，并藉佛教思想对文本进行诠释，然而，这些研究取径普遍忽略两个小说的根本性差别，未能体现出《西游补》作为一个独立文本的特殊意义。笔者认为，《西游补》真正定位的蔽而不彰，可归为以下因素：其一，是续书（supplement）的传统弱势地位；其二，是《西游补》与《西游记》对现实的针砭似乎存在某种共通性；其三，则是作者董说对佛教的浓厚兴趣。但究其实，学界对这三

①

Madeline Chu, "Journey into Desire: Monkey's Secular Experience in the Xiyoubu", *Journal of the American Oriental Society*, Vol. 117, No. 4 (Oct.-Dec., 1997), pp. 654-664。

大因素的认知流于肤浅且有误导之嫌。

从《西游补》的名字即可知其作为《西游记》续书的地位，《西游记》作为横亘在前的鸿篇巨著，夺去了续衍作品（follow-up）的风采，尽管如此，若我们加以切近的审视，续书的存在其实不仅是为母本增添了额外的章节，更有其独特价值，譬如，《西游补》挑战了原书早些篇章中以佛教角度对人类存在（human existence）的贬抑，更进一步地探索了人类的存有与智慧。可以发现，当《西游补》的主角经过那些《西游记》里经常出现的地标，其经历显然与那些佛教徒的朝圣经验有所不同。

另一个让《西游补》淹没于《西游记》光环的因素，是两个小说被认为似乎共享了类似的价值观：即，对于现实世界的严厉批判。然而，两者的批判所存在的根本性差异却被忽略了：《西游记》的基调是讥讽人类的各种欲望，纵情声色的肉欲，追名逐利的贪欲，甚至人类的自觉意识（self-consciousness）亦然。换言之，它全盘否认了 C. T. Hsia（夏志清）所称的自我生命力（the life-force itself）。相较而言，《西游补》的批判，主要是将人性的堕落视为文学界文化价值的一种再现：具体言之，《西游补》证实了儒家文化的价值，认为其理想性解决了人类的困境，《西游补》将矛头转向了对社会结构的批判，认为结构制约、甚至消解了人类真情挚感与智慧文明的发展，也抑制了人类真诚追寻良善与美好生活的机会,更止步于将人类行为简单视为可以奖罚为计的认知窠臼。

最后一个阻碍《西游补》被认为独立于《西游记》的因素,是大多评论者以佛教思想为线索将两个小说进行连接,并仅仅出于作者董说对佛教思想的毕生兴趣,便武断地为《西游补》附上佛教的诠释。如同《西游记》一样,《西游补》也是一个有着复杂背景的作者所撰述的具备复杂意涵的小说。诚然,董说(1620—1686)对哲学与心理学的涉猎影响了他的文学创作,但不可否认,佛教思想只是董说众多兴趣中、激励其写作的要素之一,要知道董说兴趣相当丰富,还包括中国文学经典、政治运动、文学史、梦境解析、天文学以及语源学等。是以,小说理当反映作者的复杂思想,而非仅仅拘泥于佛教的影响。

因此,为了更进一步理解《西游补》,我们必须首先摆脱对佛教意识形态的沉溺,以另一个全然不同的角度切入。就其内容而言,《西游补》同样也记录了一种完全不同类型的旅程。而续书与原著最不一样的地方在于,当西游记超然于声光幻影的世俗世界、转而探讨内心的寂静与启蒙,《西游补》则更深层地进入到了充斥感官、情感、依恋与情欲的世俗世界。[①]

2000年,德国汉学家特雷特(Clemens Treter)发表了《作为旅行文学的西游补:以互文性和叙事结

① Madeline Chu, "Journey into Desire: Monkey's Secular Experience in the Xiyoubu", p. 655。引文部分为自译。

构为评论》(Das *XiyouBu* Alas Reise In Die Literatur:
Anmerkungen Zu Intertextualität Und Erzählstruktur)[①]。
特雷特曾经关注中国古典小说与行旅的关系，
2000年发表论文《从苏伊士运河到吐鲁番：彭鹤龄
小说（1910年）〈三宝太监下西洋〉中的郑和形象》
(*Über den Suez-Kanal nach Turfan: Zum Bild Zheng
Hes in Peng Helings Roman Sanbao taijian xia Xiyang
(1910)*)。2000年以后，海外《西游补》研究已经不如
中国大陆和台湾地区那么热烈，以行旅的视角切入
《西游补》，却代表了一个新的研究角度，至少在目前
可见的中文材料中我们还没有看到相似的主题。

　　《西游补》这部短短的、不到五万字的中篇小说
在中国小说史上几乎是一个异类，有意无意地冲击
着研究者对于中国小说传统的审美方式，它的叙事
方式、心理书写、时空布局等方面都具有现代主义
的审美特质，这可能是《西游补》颇受海外研究者
欢迎的原因，而海外的研究成果在影响国内研究的
同时，也在一定程度上带动了《西游记》其他续书
的域外研究。《西游补》将孙行者作为唯一的主角
进行书写，使之开创了有别于其他传统续书内容执
着于情节或人物命运遗憾的补偿，将原著仅仅当做
一种"熟知化"的借径资源。在《西游补》为孙行
者设置的情梦中，几乎没有发生对原著故事具有情
节意义的延展。它最大的影响，只是令原著的叙事

①
Clemens Treter, "Das
XiyouBu Alas Reise In Die
Literatur: Anmerkungen
Zu Intertextualität
Und Erzählstruktur",
Monumenta Serica, Vol.
48 (2000), pp. 337–357。

时间停滞了。董说想要为孙行者补入的"情"难，交织着士人对于历史的惶恐不安，也交织着佛法中对于梦与死、梦与觉知的看法。从上述域外研究的评述及补正中，我们可以看到上世纪七十年代前后，《西游补》获得了海外汉学界的高度注意和极好的评价。高辛勇认为，"此书在传统小说中形成几乎是绝无仅有的现象" ①，其经典性甚至被美国汉学家倪豪士（William H. Nienhauser Jr.）纳入文学词典，认同《西游补》对于整体中国虚构小说而言是一个罕见的例子（rare example of Chinese fiction），因《西游补》文本具备真正的语言多义性（truly polysemous），作者也有意识地在叙事时探索潜在的语言特性，以及对叙事形式进行创造性的自我反思。②这些意见都将为我们未来的《西游补》研究提供有效的参考。

① 高辛勇撰《〈西游补〉与叙事理论》，《中外文学》第12卷第8期，1984年，第5页。

② William H. Nienhauser Jr., *The Indiana Companion to Traditional Chinese Literature, Vol. 1*, (Bloomington:Indiana University Press,1986), pp. 419。引文部分为自译。

跋　别有世间曾未见，一行一步一花新

　　二〇一二年负笈台湾之前，我一定不会想到《西游记》对于我人生的重要意义。和许多人一样，我以为《西游记》是给小孩儿看的书。博一那一年，在台湾政治大学上高桂惠老师的西游课程，还带着游戏的心。我当然不会想到，很多年后，我将会在复旦大学申请开设本科生通识课的"《西游记》导读"，因为"西游"而安身立命。这些年，我做了二十多场西游讲座，在小区图书馆、中小学、大学，甚至补教机构，因为《西游记》，我认识许多新朋友，增添了许多新的情谊。

　　《情关西游》并不是我的博士论文，而是在写作博士论文前，我重读《西游记》时写下的读书心得。我没想到这样一本小书，还有机会重版，还有机会增订。此次增订，增补了五万余字，其中有十余篇文章是新写的，还修改了一些错漏。差不多就是这些年的思考和感悟。如果要用最简单的话来概括《西游记》给予我的启迪，其实还是来源于中国通俗小说的魅力。它一定是在讲故事的，故事一定是传递道理的。有一些是哲学道理、有一些是人生道理。我最常在演讲中提及的一则"西游"道理,是"许败不许胜"。观音菩萨、弥勒菩萨、如来佛祖都曾教导孙悟空"许败不许胜",就是"不能赢"。这真是颇为世故的长辈意志,年轻人总有好胜心,满腔鲁勇,谁都不服,也不愿意夸奖别人。可心中一旦有了更远大的目标,更值得追逐的理想,沿路的是非恶海、口舌凶场,真的一定要辩明黑白真假、强弱胜负才能往下走吗?这是很有意思的问题。

大陆"西游"文化受到影视剧影响颇深,坊间最喜欢讨论的问题,有一些并不是世本《西游记》中的文学问题,而是跨媒介改编所创造的问题。譬如,为什么孙悟空在大闹天宫时期那么能打,到了取经之路上反而连个小妖怪都打不过呢?孙悟空那么厉害,为什么取经队伍的核心却是唐僧?很偶然的机会,我和宠物猫玩耍,我突然发现,我打猫都是假打,猫打我都是真打。虽然感到伤心,但我突然想到了什么,所以找出大闹天宫时玉帝的命令,发现玉帝好像并没有说要杀孙悟空,说到的几次,也很快被化解。于是,这又形成了一个颇为世故的、官僚的情境,如果天兵天将接到的任务是"降伏"孙悟空,那么他们究竟应该怎么打?会不会从中有一个新的尺寸,叫做"打不过"?孙悟空长大了之后,会不会也懂得了这个道理?"就让他觉得他赢了吧"，到底也是世间平常事。至于取经队伍的核心，如果我们理一理《大唐西域记》、《大唐大慈恩寺三藏法师传》、《取经诗话》到宝卷杂剧、平话的基本脉络，当然可以很清晰地知道，"西游"故事是玄奘的故事，自《取经诗话》出现猴行者的形象，一直到董说《西游补》，孙悟空的形象日益喧宾夺主，成为了唯一的主角。但更深层次的原因，是删节了"唐王游地府"的《西游记》电视剧的广泛传播，让观摩者对于取经主旨一头雾水。实际上，《西游记》中提到三藏真经内容包括"谈天、说地、度鬼"，其中"度鬼"议题始终潜藏在《西游记》故事中，包括"上西天"也和死亡有关。孙悟空没法超度亡魂，也没法普度众生。不仅读者搞不清楚，取经团队中人也未必搞得清楚，猪八戒还曾问孙悟空为什么不直接把师父驮到西天去，孙悟空答"替不得这些苦恼，也取不得经来"，可见如果正果在别人身上，自己再强又如何呢？

　　另一个被广泛讨论的话题，就是取经人的感情问题。几乎每一部改编作品，取经人都在谈恋爱，这实在是荒唐又值得玩味。在我看来，孙悟空最大的感情问题就是唐僧。而唐僧充其量是有面对感情问题的机会，可他自己放弃了。我们可以看到《西游记》中取经人的眼泪，孙悟空有大部分都是为唐僧而流，而唐僧却几乎都是在哭自己。孙悟空对唐僧的感情，有共情的柔肠（第三十四回"他当时曾下九鼎油锅，就煠了七八日也不曾有一点泪儿。只为想起唐僧取经的苦难，他就泪出痛肠，放眼便哭"），有无畏之勇（第七十四回"我这一去，就是东洋大海也开汤开路，就是铁裹银山也撞开门！"），有痛心之处（第九十二回"为你不识真假，误了多少路程"），更有天真的心酸（第五十七回"我是有处过日子的，只怕你无我去不得西天"）。这些场景，都让我在成年以后重读《西游记》时感慨万千。沙僧也想着孙悟空，见到孙悟空"满腔都是春"，孙悟空却只是不欺负他。猪八戒也哭，却颇有综艺节目的兴味。但这些眼泪呢，像我们自己流过的眼泪一样，真心真意，又过眼烟云。第三十九回行者自己说："哭有几样！若干着口喊，谓之嚎；扭搜出些眼泪儿来，谓之啕。又要哭得有眼泪，又要哭得有心肠，才算着嚎啕痛哭哩。"我们讨论取经人如何度过"情关"是很荒唐的事情，但荒唐归荒唐，细讲起来却总有一点动容，这就是文学的魅力。

就像巴尔扎克所说的，伟大的爱情一开始都是没有什么感觉的，说的真像我和《西游记》的关系。我原本以为，《西游记》只是我的一门选修课，没想到到如今，它已经成为我贫瘠的生活中最重要的精神支撑。对我而言，《西游记》早已不是冷冰冰的研究对象，而是温柔有情亦有生活能量的日常陪伴。我可能不是一个杰出的学者，但我随着孙行者的成长而成长，随着他的跋涉而跋涉。我也不知道未来会发生什么，但它至于我个人的人生，早已有了接近"伟大"和"神迹"的意义。

我从小喜欢听故事，也喜欢编故事，更不嫌弃改编故事。这是我进入"西游故事"群落打野眼的铺垫。有一则有趣的改编现象是，我们的孙悟空越来越能打了，我们的唐僧越来越能挨打，在新电影中，观音的力量日益衰弱，而观音曾经是世本《西游记》中重要的救援之力。取经人越来越相信自救，文本内外，仿佛总在提示着我们新的意义。可见改编未必都是"狗尾续貂"，有时也会成为修正的阅读。《西游记》最重要的一部续书作品《西游补》，就展现了不凡的文学魅力。我很喜欢《西游补》，并非因为它是《西游记》的续衍，而是因为这个故事的角角落落、细枝末节都传递着人之为人的深刻沉思，包括对于生死、对于情、对于家国。好的续书作品会提醒我们在阅读原著时遗漏了什么。世本《西游记》八十一难，写了四十一个故事，几乎每到山边，唐僧就开始害怕，以为"山高必有怪，岭峻却生精"。于是到了《西游补》中，孙悟空就想为唐僧寻找"驱山铎"，"驱山铎"在秦王那里，这便通过同音勾连到了历史情境中"情"的大问题。"情"字又被拆解为"小月王"，可见作者对于汉字的想象力，我们进入"情魔"的方式是不知不觉的,我们走出"情关"仿佛一场幻梦……世本《西游记》中,八十一难关联到取经人的心魔,有的心魔是唐僧的,有的心魔是猪八戒的,有的心魔是孙悟空的。火焰山之火就与孙悟空童年大闹天宫的劣迹有关,《西游补》在这一回目为孙悟空补入情难,具有深意。铁扇公主因情而动火,孙行者却因火而求情,这种"求情"的方式与我们在梦境中对于童年生活负疚的潜意识十分相像。可见心生种种魔生,"情"是孙行者自己求来的试炼。二〇二〇年,浙江文艺出版社出版了由赵红娟教授新校注的《西游补》,我和赵老师曾经只是纸上相逢,终于得见,因缘于《西游补》。我能看到多年前她在学界探路付出的辛苦,她的《明遗民董说研究》一书,一直是我的手边书。

我的博士论文是《西游记》阅读的延伸,研究的是续书,涉及《西游补》、《后西游记》、《续西游记》三个文本,当时没有将研究成果完全放入《情关西游》的写作中,只有一些片段,如今已经交付上海华东师范大学出版社出版,名为《明末清初西游记续书研究》,有关《西游记》续书没有展开的部分,可以在那本书中找到。我也将一些重要的发现,作为本书"附录",分享给对《西游记》及其衍生文本有兴趣的朋友们。

藉此机会,感谢我的两位恩师高桂惠、许晖林。

感谢帮助过我的师长和前辈尉天骢、康韵梅、胡衍南、李志宏、徐志平、刘琼云、刘又铭、陈引驰、朱刚、竺洪波、蔡铁鹰、胡胜、赵毓龙、朱明胜、杨晓林、李天飞、汪行福、王宏图、傅月庵、祝淳翔、徐习军、王启元、许蔚、朱婧等等，感谢我的学友洪敬清、谢佳滢、李佩蓉、刘柏正、曾昕杰、黄璇璋、李宛芝、李锦昌、曾世豪、许舜杰、陈柏言、陈宏、姚赟絜、王培雷、朱嘉雯、柳雨青等。感谢我的编辑方晓燕、钮君怡、官子程、柳青、何晶、方尚岑、顾晓清等，没有他们就没有这本书。

谢谢上海古籍出版社。

张怡微
二〇二一年于上海复旦大学

图书在版编目（CIP）数据

情关西游 / 张怡微著. —增订本. —上海：上海
古籍出版社，2022.1（2024.1重印）
ISBN 978-7-5732-0133-1

Ⅰ.①情⋯　Ⅱ.①张⋯　Ⅲ.①《西游记》评论　Ⅳ.
①I207.414

中国版本图书馆CIP数据核字（2021）第244580号

情关西游（增订本）

张怡微　著

上海古籍出版社出版

（上海市闵行区号景路 159 弄 1-5 号 A 座 5F　邮政编码 201101）

（1）网址：www. guji. com. cn

（2）E-mail：guji1 @ guji. com. cn

（3）易文网网址：www. ewen. co

上海丽佳制版印刷有限公司印刷

开本787×1092　1/32　印张9.25　插页5　字数165,000

2022 年 1 月第 1 版　2024 年 1 月第 2 次印刷

印数：4,101—5,200

ISBN 978-7-5732-0133-1

I·3596　定价：68.00 元

如有质量问题，请与承印公司联系